KB248453

임영기 新무협 판타지 소설
FANTASTIC ORIENTAL HEROES

대사부 4

임영기 新무협 판타지 소설

초판 1쇄 찍은 날 § 2010년 2월 4일
초판 1쇄 펴낸 날 § 2010년 2월 10일

지은이 § 임영기
펴낸이 § 서경석

편집장 § 문혜영
편집 § 주소영

펴낸곳 § 도서출판 청어람
등록번호 § 제1081-1-89호
등록일자 § 1999. 5. 31
어람번호 § 제2-1883호

주소 § 경기도 부천시 원미구 심곡2동 163-2 서경B/D 3F (우) 420-822
전화 § 032-656-4452 팩스 § 032-656-4453
http://www.chungeoram.com
E-mail § chungeoram@chungeoram.com

© 임영기, 2009

ISBN 978-89-251-2078-2 04810
ISBN 978-89-251-2031-7 (세트)

※ 파본은 구입하신 서점에서 교환하여 드립니다.
※ 저자와 협의하여 인지를 붙이지 않습니다.
※ 이 책은 도서출판 청어람과 저작자의 계약에 의해 출판된 것이므로,
   무단 전재 및 유포 · 공유를 금합니다.

대사부

大邪夫

FANTASTIC ORIENTAL HEROES

임영기 新무협 판타지 소설

4

능소지(凌霄志)

도서출판 청어람

目次

第三十四章
불가사의(不可思議)

“지금 이 순간부터 그분은 너의 주군(主君)이시다. 다른 것은 일체 묻지 마라. 다만 너는 그분이 대정숙을 수료할 때까지 모든 수단을 동원하여 목숨을 바쳐서 호위하라.”

닷새 전에 대정숙 밖으로 정기적인 외출을 나갔을 때, 부친이 해준 그 말이 담신기(潭神奇)의 귀에 아직도 또렷하게 쟁쟁거린다.

그는 북경성에 있어야 할 부친이 이곳 낙양성에 불쑥 나타난 것을 보고 크게 놀랐었다.

그러나 부친 뇌룡문주 담무혁은 놀라고 또 반가워하는 담신기에게 부자지간의 사사로운 말은 일체 하지 않았다.

원래 엄격한 부친이지만 닷새 전에는 당신이 하고자 하는 말만 두세 번 반복하고는, 아들의 등을 떠밀어 다시 대정숙 안으로 들어가게 했다.

평소에 담신기는 열흘에 한 번씩 있는 하룻밤 외박의 기회를 좀처럼 사용하지 않는 편이었다.

대정숙 밖에 나가서 딱히 할 일도 없을뿐더러, 외박으로 무공 연마와 학습의 시간을 허비하고 싶지 않기 때문이다.

그런데 이번에는 긴한 볼일이 있어서 모처럼 외박을 나갔던 것인데, 대정숙 밖에 나가자마자 기다리고 있던 백도장에게 이끌려서 은밀한 장소로 부친을 만나러 가야만 했었다.

그리고는 볼일은커녕 외박한 지 한 시진 만에 다시 대정숙으로 복귀하는 진기록을 세웠다.

그 자리에는 부친만이 아니라 성검문(聖劍門) 문주인 북천성검(北天聖劍) 나궁조(羅穹朝)도 있었다.

성검문은 무림팔대세가이면서 뇌룡문처럼 천검사호문의 한 문파이기도 하다.

아미파 속가제자이며, 대정숙 입교시험에서 이십칠 번째 만점자인 나운상은 나궁조의 딸이다. 즉, 나운상은 성검문 소문주의 신분이었다.

나궁조는 나운상에게도 똑같은 말을 전하라고 담신기에게 지시했다.

말하자면 현재 대정숙에 대정생도로 있는 천검사호문의 두 후계자가 '그분'을 목숨 바쳐서 호위하라는 지상명령을 받은 것이다.

"지금은 내게 몹시 중요한 시기예요. 그러므로 나는 그런 일에 시간을 허비할 수 없어요."

닷새 전 부친의 그 말을 곱씹으면서 턱을 괴고 골똘히 생각에 잠겨 있는 담신기의 앞쪽에서 나직하지만 또랑또랑한 여자의 목소리가 들려왔다.

담신기는 턱에서 손을 떼고 고개를 들어 여자를 쳐다보면서 슬쩍 미간을 좁혔다.

"상 매는 숙부님 엄명을 거역할 셈인가?"

"거역이 아니에요. 그를 호위하는 일에 전력을 다할 수 없다는 것뿐이에요."

"어째서?"

여자는 약간 눈을 치켜떴다.

"기 오라버니는 알면서도 그렇게 묻나요?"

"음……."

담신기는 무거운 신음을 흘리며 그녀를 외면했다.

여자가 눈을 치켜뜨는 것이 무서워서도, 그녀의 말에 수긍하기 때문도 아니다.

단지 여자가 약간 눈을 흘기듯 치뜨는 모습이 그녀의 의도와는 달리 지독히도 고혹적으로 아름다워서 자신도 모르게 외면을 해버린 것이다.

여자, 아니, 그녀는 올해 십칠 세의 어린 소녀다.

하지만 그녀를 알고 있는 사람들은 어느 누구도 그녀를 어리게 여기지 않는다.

그녀가 바로 대정숙 이십칠 번째 만점자이며 아미파 속가 제자이고, 또한 무림팔대세가 중 하나인 성검문의 소문주 나운상이기 때문이다.

하지만 그녀를 설명하는 그런 여러 가지 설명을 단번에 압도해 버리는 하나의 별호가 있다.

강북천봉(江北天鳳)이 바로 그것이다.

강남천궁 소옥군과 함께 당금 천하에서 미명으로 쌍벽을 이루고 있는 소녀가 바로 나운상 그녀인 것이다.

소옥군이 성결하고 우아한 아름다움의 극치라면, 나운상은 도도하고 차가우며, 흐트러짐없이 절제된 완벽한 아름다움의 소유자라고 할 수 있다.

사람들은 소옥군을 보면 마음이 훈훈해지고 심신이 정화되는 느낌을 받는다.

그러나 반대로 나운상을 보는 순간 몸이 얼어붙고 정신이 경직되는 극도의 긴장감을 느낀다.

두 소녀의 하나뿐인 공통점은, 눈부신 아름다움을 지녔다는 것뿐이다.

"상 매, 그분을 '그' 라고 지칭하지 마라."

담신기가 부드럽게 타이르자 나운상은 상체를 꼿꼿하게 세운 자세에서 상큼 아미를 치켜올렸다.

그녀는 언제 어디서나 자세든 정신이든 한 치의 흐트러짐이 없는 것으로 정평이 나 있다.

나운상의 시선에 마치 번갯불인 듯, 동공이 터질 것처럼 찌르르한 느낌을 받은 담신기는 주먹을 입에 대며 멋쩍게 헛기침을 했다.

"험! 험! 어쨌든 어른들께서도 '그분'이라고 하시는데 상매가 함부로 해서는 안 된다."

천검사호문은 원래 한 집안이나 다름이 없다. 이들은 한 명의 절대자를 수호하기 위해서 존재하는 네 가문이다.

나운상은 약간 못마땅한 표정을 지었다.

"도대체 낙성검가의 차남 유영이 어떤 존재이기에 어른들께서 그처럼 난리인 건가요?"

담신기는 어깨를 으쓱해 보였다.

"나도 모른다. 그가… 아니, 그분이 이십팔 번째 만점자라는 사실밖에는."

"흥! 만점 따위야 누구나 할 수 있는 것을……."

만점 따위라는 말에 담신기는 빙그레 웃었다.

"만점 따위를 못한 나는 갑자기 초라한 기분이 드는군."

나운상은 실언했다고 깨달았으나 말로도 표정으로도 미안한 내색조차 하지 않았다.

"그를 편안하게 호위하려면 우리 팔세영웅에 가입시키는
게 좋겠어요."

"오래전에 운몽과 소련이 벌써 시도해 봤어. 깨끗하게 거
절당했지. 운몽 말에 의하면 조롱까지 당했다더군."

"조롱?"

나운상은 처음으로 약간 흥미를 보였다.

그 당시에 장운몽과 원소련이 기개세와 소옥군을 가입시
키려고 만난 것은 팔세영웅의 우두머리, 즉 발장(撥長)인 담
신기의 지시였다.

그때는 부친의 당부를 듣기 전이었고, 순전히 담신기의 개
인적인 결정이었다.

그는 또 한 명의 만점자를 영입해서 팔세영웅을 오청반 최
고로 만들겠다는 계획을 갖고 있었다.

"어쨌든 상 매 말이 옳아. 그분을 호위하려면 무슨 일이 있
어도 우리 팔세영웅에 영입해야만 돼."

담신기는 나운상이 궁금해하는 '조롱'에 대해서는 대답하
지 않고 말을 돌렸다.

지금 두 사람이 있는 이곳은 영웅전(英雄殿)이라고 한다.
대정숙이 오청반에게 지급한 다섯 채의 전각 중 하나다.

담신기는 대정생도의 최고급인 갑생도이고, 나운상은 네
번째인 정생도지만 두 사람은 오래전부터 친분이 있었기에
그다지 예절을 따지지 않는 편이었다.

슥—

나운상이 몸을 일으키면서 못을 박듯이 예의 냉랭한 목소리로 말했다.

"어쨌든, 나는 승급시험 때문에 앞으로 닷새 동안은 촌각도 시간을 내지 못하니까 '그'에 대해서 할 말이 있으면 그 후에 해요."

이어서 그녀는 홱 몸을 돌려 자신의 전용 연공실을 향해 사붓사붓 걸어갔다. 그녀는 끝까지 '그분'을 '그'라고 호칭하는 도도함을 보여주었다.

정생도의 정복인 취의경장을 입은 늘씬한 그녀가 아담한 엉덩이를 살랑살랑 흔들면서 걸어가는 뒷모습을 담신기는 눈이 부신 듯 눈을 반개한 채 바라보았다.

그러다가 그는 가볍게 흠칫하며 시선을 거두었다.

'이런… 지금 내가 무엇을……'

이어서 씁쓸한 미소를 머금었다.

'그분을 영입하는 것도, 상 매를 이해시키는 일도 모두 난감한 일이로군.'

*　　　*　　　*

기개세가 대정숙에 입교한 후 첫 번째로 치르게 될 승급시험이 닷새 앞으로 다가왔다.

기개세는 입교한 지 보름 남짓 만에 낙성북두검법과 주역, 한비자를 통달해 놓고서, 소옥군에게 읽을 만한 책을 골라 달라고 하여 사서(四書), 즉 논어(論語), 맹자(孟子), 대학(大學), 중용(中庸)을 더 읽었다.

백여 권이 넘는 책자를 읽고 또 읽어서 열흘 만에 너덜너덜하게 만들어 버렸다.

공부를 하다 보니까 책을 읽고 학습을 하는 데에도 순서와 방법이 있다는 사실을 나름대로 터득하게 되었다.

열흘 만에 사서를 완전히 뗀 그는 더 이상 책을 고르러 학습계관에 가지 않았다.

그 대신 매일 무도계관에서 살다시피 하면서 북두검법을 수련하고 있는 유석과 유정을 찾아갔다.

그들의 진전을 확인하고 앞으로 남은 닷새, 아니, 승급시험 당일을 빼면 나흘밖에 남지 않은 시간을 두 사람을 위해서 사용하려는 생각이었다.

넓은 연공실 안에서는 유석과 유정은 물론 계반구까지 세 사람이 각기 세 방향에서 비 오듯이 땀을 흘리며 검법 연마에 여념이 없었다. 여북하면 기개세가 들어오는 것도 모를 정도이겠는가.

계반구는 유석과 유정에게 자신이 할 수 있는 것은 이미 다 가르쳤다. 남은 것은 두 사람이 얼마나 북두검법을 숙달하느냐에 달려 있었다.

계반구는 기개세에게 가르침을 받은 북두검법의 요결(要訣)을 검법으로 풀어서 연마하고 있었는데, 제정신이 아닐 정도로 열중하고 있었다.

기개세는 그들을 방해하지 않고 조용히 문을 닫고 한쪽에 서서 지켜보았다.

유석과 유정은 북두검법 일초칠변을 처음부터 끝까지 능숙하게 전개했다.

유석은 그중에 일변을 공격으로 전환할 수 있었지만, 유정은 아직 초식을 공격이나 방어로 전환하는 단계에까지는 이르지 못했다.

계반구는 원래 한 번 전개에 삼 변을 공격이나 방어로 전환할 수 있었으며, 공격과 방어를 한 초식에 섞어서는 사용하지 못했었다.

하지만 지금은 한 번 전개에 사 변을, 그리고 공격과 방어로 자유자재 전개할 수 있게 되었다.

그는 북두검법을 이 년 동안 꼬박 연마하여 삼 변을 전개하는 것까지를 끝으로 막다른 벽에 부딪쳤었다.

그런데 전혀 예상치 않았던 대정생도 기개세의 가르침으로 깨달음을 얻어 이제는 일 변을 더해 사 변을 전개할 수 있게 된 것이다.

계반구는 평범한 사람보다 조금 나은 정도이지 천재 수준은 아니다.

그러므로 기개세가 깨달은 것들을 한 번의 가르침으로 모두 기억하고 또 소화할 능력이 없다.

자신의 능력을 잘 알고 있는 그는 욕심을 부리지 않는다. 새로 배운 일 변을 더한 사 변을 자유자재로 전개할 수 있을 때까지 밤잠을 잊은 채 전력을 다할 것이다.

그런 후에도 계속 기개세와 인연이 닿는다면 다시 가르침을 청할 터이다.

그의 그런 모습이 대정숙의 진면모이고, 발전의 밑거름이라는 것을 단적으로 보여주는 좋은 예다.

다시 말해서, 원래는 가르치는 사람이 정교반사이고 배우는 사람은 대정생도이지만, 상황에 따라서는 그 반대의 상황이 되어도 상관이 없다는 것이 대정숙의 방침이었다.

그것을 대정숙에서는 무상수(無相數)라고 한다.

무상수란 본디 불교의 말로 '차별이 없는 공(空)의 경지를 설파하는 가르침'이라는 뜻이다.

단적으로 말하면, 대정숙의 최고 우두머리인 대정총장이라고 해도 모르는 것이 있으면 갓 들어온 신입 계생도에게 가르침을 청할 수 있다는 얘기다.

말 그대로 백수북면(白首北面)이다. 즉, '학문과 무공은 나이 제한없이 백발노인이라고 해도 배운다'는 것이다.

그렇기 때문에 계반구가 일개 생도인 기개세에게 스스럼없이 가르침을 청할 수 있었던 것이다.

세 사람 중에서 가장 먼저 기개세를 발견한 것은 계반구다.

그는 북두검법 전개를 끝내고 막 다시 시작하려다가 기개세를 발견하고는 즉시 다가왔다.

[어떻습니까?]

가까이 다가온 그는 얼굴에 흐르는 땀을 닦으면서 유석과 유정을 방해하지 않으려고 전음입밀로 물었다.

전음을 할 줄 모르는 기개세는 가볍게 고개를 끄덕여 보였다.

계반구는 칭찬으로 알아듣고는 기개세 옆에 서서 같이 유석과 유정을 쳐다보았다.

기개세는 유석과 유정이 북두검법을 전개하는 동작 하나하나를 예리하게 주시했다.

그는 북두검법을 칠성까지 터득했으므로 아직 초보 단계인 두 사람의 동작이 어디가 매끄럽고 어디가 잘못됐는지 한눈에 훤하게 구분할 수 있었다.

이윽고 수련을 끝낸 유석과 유정이 기개세를 발견하고 가쁜 숨을 몰아쉬면서 반가운 얼굴로 달려왔다.

기개세는 소매로 유정의 얼굴에 흐르는 땀을 닦아주면서 두 사람에게 물었다.

"어때?"

그 말이 얼마나 진전했느냐고 묻는 것인 줄 짐작하고 두 사람은 똑같이 고개를 설레설레 가로저었다.

“헉헉… 너무 어렵다. 이렇게 어려운 줄 몰랐어…….”

“하아… 하아……. 아무리 노력해도 나아지는 것 같지 않아…….”

유정은 울상을 지으며 기개세에게 안기는 듯한 자세로 하소연을 했다.

“둘째 오빠, 북두검법을 잘못 선택한 것 같아. 너무 어려워서 한 달 동안 연마한 것으로는 승급시험을 치르지도 못할 것 같아.”

이즈음의 그녀는 기개세에게 아예 말을 놓고 있었다.

“둘째 오빠는 어때?”

“나? 음. 나는 칠성 정도 연마했어.”

“정말?”

유정뿐 아니라 유석과 계반구까지도 크게 놀라 입을 벌리고는 다물지 못했다.

계반구는 그가 이론만 뛰어날 뿐 실기는 그다지 실효를 거두지 못했을 것이라고 여겼었다.

“한번 보여줘 봐. 응?”

유정은 기개세의 팔을 잡아끌며 애교를 부리듯 코 먹은 소리를 냈다.

유석과 계반구는 침묵을 지켰지만 기개세가 시범을 보여주기를 기대했다.

기개세는 힐끗 계반구를 쳐다보았다.

"계반구님, 북두검법만으로 저하고 대련을 해봅시다."

"영아!"

"둘째 오빠!"

유석과 유정은 질겁을 해서 똑같이 소리쳤다.

두 사람은 기개세의 실력을 잘 알고 있다. 낙성검가에서의 그는 유석에 비해서는 두어 수, 유정에게도 한 수 아래의 실력이었다.

그러므로 그가 아무리 북두검법을 칠성까지 익혔다고 해도 정교반사인 계반구와 대련을 하는 것은 절대 무리라고 생각하는 것이다.

그런데 뜻밖에 계반구가 고개를 끄덕이더니 목검 두 개를 가져와 하나를 기개세에게 건네주고는 성큼성큼 연공실 복판으로 걸어나갔다.

계반구의 생각은 유석이나 유정과 다르다. 그는 이 대련이 해볼 만하다고 생각했다.

물론 두 사람 다 북두검법만을 사용한다는 전제하에 가능한 일이었다.

계반구까지 진지하게 나서자 유석과 유정은 이 대련이 어쩌면 가능할지도 모른다는 기대를 품고 잔뜩 긴장한 얼굴로 지켜보았다.

기개세와 계반구는 연공실 한복판에 일 장의 거리를 두고 서로 마주 보고 우뚝 섰다.

두 사람은 다 긴장한 모습이었다.

계반구는 목검을 두 손으로 힘있게 움켜잡은 채 기개세를 겨누고 있었다.

그는 얼마 전까지만 해도 검실에 꽂혀 있는 검을 발검하면서 북두검법을 전개하는 것이라고만 알고 있었고, 또 그런 식으로 전개를 했었다.

그가 해석한 구결에 의하면 그랬다. 그래서 그는 얼마 전까지만 해도 그런 방식으로 전개했었다.

하지만 기개세의 가르침을 받은 후부터는 어느 자세에서든 북두검법을 전개할 수 있게 되었다.

유석과 유정은 지난 이십오 일 동안 거의 이곳 연공실에서만 틀어박혀 있어서 계반구가 기개세에게 북두검법을 가르침 받았다는 사실을 모르고 있었다.

유석과 유정은 매사에 장난이 심하고 건들거리는 기개세가 지금처럼 긴장한 모습을 처음 본다.

그는 오른손으로 목검을 움켜쥔 채 팔을 오른쪽 수평으로 뻗고 시선은 계반구에게 뚫어지게 고정했다.

그렇게 다섯 호흡 정도의 시간이 흘렀으나 아무도 먼저 움직이지 않고 상대를 쏘아보기만 하고 있었다.

북두검법은 일 초식에 칠 변이나 들어 있을 정도로 다변(多變)의 검법이다.

그러면서도 웬만큼 숙달된 사람이라면 발검에서 착검까

지 소요되는 시간이 불과 네 호흡 정도일 만큼 쾌검(快劍)이
다.

만약 발검에서 착검까지 세 호흡으로 줄일 수 있다면 그만
큼 더 쾌검이 될 것이다.

지금 기개세와 계반구의 대결은 쾌검 대 쾌검의 대련이기
때문에 승부는 순식간에 끝난다.

그러므로 허점을 보이는 쪽이 불리하고, 다른 검법과는 달
리 먼저 공격하는 쪽이 허점을 드러낼 확률이 높다.

스으…….

그때 오른쪽 허공을 향하고 있던 기개세의 목검이 느릿하
게 계반구를 향해 움직였다.

계반구는 먼저 움직이기 시작한 기개세의 허점을 발견하
려고 눈도 깜빡이지 않고 날카롭게 쏘아보았다.

그가 만약 자신이 기개세보다 훨씬 우세하다고 생각했다
면 구태여 허점을 찾으려 하지 않고 즉시 공격했을 것이다.

“……!”

순간 계반구의 눈이 커졌다. 놀라움이다.

느릿하게 움직이는 것 같던 기개세의 목검이 어느 순간 벼
락같이 자신을 향해 허공을 자르며 공격해 오는 것을 발견했
다.

하지만 그가 놀란 이유는 기개세가 먼저 공격을 개시했는
데도 불구하고 추호의 허점을 찾을 수가 없기 때문이다.

이유는 간단하다. 너무 빨라서 허점이 있다고 해도 찾아낼 수가 없는 것이다.

그 순간 그는 깨달았다. 기개세가 북두검법의 이론에만 밝은 것이 아니라 실기에도 능하다는 사실을.

그리고 자책했다. 왜 그가 이론에만 밝을 것이라고 섣불리 단정했는지를.

조금 전에 그가 '칠성'까지 연마했다고 한 말을 어째서 건성으로 들었는지를.

키이잉!

목검인데도 불구하고 기개세의 검에서는 진검 같은 검명이 흘러나왔다.

쏴아아!

다음 순간 그의 목검에서 공격이 퍼부어졌다. 흡사 강풍이 몰아치는 듯한 공격이었다.

'하나… 둘… 셋……. 맙소사! 다섯이라니!'

기개세의 목검에서 쏟아져 나오는 북두검법 공격의 변화를 세던 계반구는 소스라치게 놀랐다.

기개세가 한꺼번에 오 변을 공격으로 전환하여 계반구 자신의 온몸 다섯 군데를 동시에 공격하고 있었기 때문이다.

'있을 수 없는 일이다……!'

계반구의 동공이 마구 흔들렸다. 이것은 불가사의다. 절대 있을 수 없는 일이다.

어떻게 불과 이십오 일 만에 난해하기 짝이 없는 북두검법을 이런 경지까지 터득할 수 있단 말인가?

목검이 반 장까지 쇄도했을 때에야 계반구는 번쩍 정신을 차렸다.

그는 장장 이 년여 동안 북두검법을 연마했었다. 그것은 초식과 변화가 머리보다 손과 몸에 더 숙달되었다는 뜻이다.

슈욱!

정신을 차린 순간 계반구의 목검은 벼락같이 전면으로 쏘아나갔다.

찰나지간이지만 그는 정확하게 사 변을 방어로 전환하여 기개세의 공격 오 변 중에 사 변을 차단해 갔다.

땅!

목검과 목검이 강하게 네 차례 부딪쳤다. 하지만 소리는 한 번밖에 터지지 않았다. 공수(攻守) 둘 다 워낙 빠르기 때문이다.

계반구는 기개세의 사 변을 정확하게 차단했다.

그리고 마지막 일변은 몸을 날려 피하면서, 그 순간 기습을 가하면 이기거나 승기를 잡을 수 있을 것이라고 순간적으로 생각했다.

휙!

생각과 동작은 동시에 행해졌다. 그의 두 발이 짧고 빠르게 교차하면서 우측으로 미끄러졌다.

"……!"

그 순간 그는 무언가 흐릿한 청색 그림자가 왼쪽에서 바람처럼 이동하여 자신의 앞을 가로막는 것을 발견했다.

청색 그림자는 청의경장을 입은 기개세다. 그는 어느새 계반구를 가로막고 두 번째 초식, 즉 북두검법을 재차 뿜어내고 있었다.

치명적인 결정타를 날리기 위해서는 오 변을 다 쏟아낼 필요까진 없다.

단 일 변이면 족하다.

딱!

"윽!"

계반구는 왼쪽 어깻죽지에 강력한 일격을 적중당하고 짤막한 신음을 토해냈다.

유석과 유정은 자신들의 눈앞에서 벌어진 광경을 보면서도 도저히 믿을 수 없다는 표정을 지었다.

기개세는 목검을 거두고 즉시 물러났으며, 계반구는 어깨가 온통 무너지는 듯한 통증을 느끼며 묵직하게 한쪽 무릎을 꿇었다.

기개세는 급히 계반구에게 다가가 부축하며 염려스러운 얼굴로 물었다.

"괜찮습니까? 어깨가 부러지지는 않았습니까?"

계반구는 일어나 기개세를 보며 수치스러움보다는 감탄과 존경의 표정을 지어 보였다.

"오 변까지 연마했군요. 더구나 두 호흡 만에 오 변을 한꺼번에 전개하면서 보법까지 펼치다니, 정말 훌륭합니다."

계반구의 얼굴에는 진심 어린 표정이 역력했다. 그는 기개세의 손을 가만히 뿌리쳤다.

"목검이 어깨를 가격하는 순간에 힘을 거두었기 때문에 뼈는 다치지 않았습니다. 그렇지 않았다면 보름 이상 누워 있을 뻔했습니다."

그렇게 말하면서 그는 미소를 지었다. 기개세의 실력을 진심으로 인정하고, 또 그를 마음으로부터 좋아하기 때문에 가능한 미소였다.

사실 유석과 유정은 기개세와 계반구의 대련을 제대로 보지 못했다. 한차례 붙었다가 떨어진 것뿐인데 이미 승부가 끝나 있었다.

두 사람은 계반구의 말을 듣고서야 기개세가 북두검법을 오 변 칠성까지 터득했다는 것과 불과 두 호흡 만에 전개됐다는 사실을 깨달았다.

기개세는 입구 쪽으로 걸어가면서 싱긋 웃으며 계반구를 돌아보았다.

"나는 깨우치는 것은 칠 변까지 다 했으니까 시간이 나면 찾아오십시오."

기개세는 얼굴에서 놀라움을 지우지 못하고 있는 유석과 유정에게 가자는 손짓을 해 보이고 문을 열었다.

계반구는 문을 나가는 기개세의 뒷모습을 향해 정중히 포권을 하며 가볍게 고개를 숙였다.

第三十五章

새로운 파벌 능소지(凌霄志)

大夫
대사부

“가입하겠어요.”

“소녀가 제일 먼저 가입할 거예요.”

“가입하마.”

“좋은 생각이야, 둘째 오빠. 나는 무조건 가입!”

기개세의 입에서 파벌을 하나 만들겠다는 말이 떨어지자마자 다섯 사람이 거의 동시에 입을 모아 대답했다.

대답을 해놓고 소옥군과 손진, 유석, 유정의 시선이 일제히 우연에게 집중됐다.

아미파 속가제자인 그녀가 임당아화가 아닌 기개세의 파벌에 가입하겠다고 목청껏 대답했기 때문이다.

우연은 놀란 듯 겁먹은 표정으로 그들을 둘러보았다.

"왜… 요? 저는 가입할 수 없는 것인가요?"

그렇다고 대답하면 통곡이라도 할 표정이다.

손진이 염려스러운 표정을 지었다.

"연아, 너는 임당아화에 가입해야 하는 거 아냐?"

"그럼 진 언니는 팔세영웅에 가입할 건가요?"

"아니, 난 뭐……."

손진은 말을 흐렸다. 그녀도 우연과 같은 입장인 것이다.

두 소녀는 경생도가 되면 자연히 임당아화와 팔세영웅에 가입하게끔 되어 있었다.

다시 모두의 시선이 진운상에게 집중됐다. 이곳 계생전의 이층 재당에 모여 있는 사람들 중에서 대답을 하지 않은 두 사람 중 한 사람이기 때문이다.

진운상의 사사로운 입장으로는 백 번이고 기개세의 파벌에 가입하고 싶었다.

하지만 그는 소림사 속가제자다. 또한 심기가 깊고 아주 작은 일탈이라도 스스로 용서하지 못하는 성격이라서 고민하는 것이다.

그는 지난번에 기개세가 파벌을 하나 만들겠다고 운을 뗐을 때 농담인 줄 알았었다.

"자넨……."

모두의 시선을 받으면서 진운상은 진지한 표정으로 기개

세를 쳐다보았다.

　"팔세영웅과 임당아화의 가입 권유를 마다하더니 이젠 파벌을 조직하는 겐가?"

　소옥군을 제외하고, 그 사실을 모르고 있던 다른 사람들은 깜짝 놀란 표정을 지었다.

　진운상은 기개세 오른쪽에 앉아 있는 소옥군에게 시선을 옮겼다.

　"천궁 소저는 팔세영웅과 임당아화의 가입 권유를 분명하게 거절하신 겁니까?"

　그는 지난번에 술에 취했을 때 소옥군에게 말을 놓았으나 술이 깨고 나서는 다시 원래로 되돌아갔다.

　"네."

　모두들 소옥군마저 가입 권유를 받았다는 사실에 다시 한번 놀랐다.

　그리고 그 이유가 두 사람이 만점자와 차점자이기 때문일 것이라고 짐작했다.

　그렇다면 또 다른 차점자인 진운상과 선우현에게도 가입 권유가 있었을 것이라는 짐작이 가능하다.

　"내가 어떻게 했으면 좋겠나?"

　결정을 내리지 못하던 진운상은 결국 기개세에게 물었다.

　그가 만약 임당아화에 가입하지 않는다면 소림제자에서 축출까지는 아니더라도 많은 제재를 받게 될 것이 뻔하다.

기개세는 담담한 얼굴로 진운상을 쳐다보았다.

"자네 뜻대로 하게."

진운상은 더욱 곤란하단 표정을 지었다.

"내가 결정을 내리기 어렵기 때문에 자네에게 묻는 것이 아닌가?"

"나더러 결정하라는 것인가?"

기개세보다 한 살 많은 진운상은 완전히 그의 친구가 된 상태다.

"그렇네. 자네의 결정에 따르겠네."

모두들 기대 어린 표정으로 기개세를 주시했다. 하지만 그가 무슨 말을 할지 이미 알고 있다는 표정이었다. 당연히 진운상을 자신의 파벌에 가입하라고 말할 것이다.

"임당아화에 가입하게."

기개세의 입에서 예상하지 못했던 말이 흘러나오자 다들 놀란 표정을 가득 떠올렸다. 그래서 그가 잘못 말했을 것이라고 생각했다.

진운상은 어이없다는 표정으로 두 팔을 벌려 보였다.

"나더러 임당아화에 가입하라고?"

"그래."

"자네와 천궁 소저, 그리고 모두들 자네가 만든 파벌에 가입하는데 나만 임당아화에 가입하라는 것이 무슨 말인 줄 알고 있는 것인가?"

　진운상만 임당아화에 가입을 하면 이후 기개세 일행하고 어울리기는 어려울 것이다.

　"아네."

　"그러면서도 나더러 임당아화에 가입하라는 거야?"

　진운상이 지금처럼 언성을 높이고 얼굴이 붉게 상기된 것을 본 사람은 아무도 없었다.

　"가입하게. 그래야 편해져."

　"누가?"

　"내가."

　"어째서?"

　말씨름이 벌어졌다.

　"자네가 우리 파벌에 가입하면 임당아화 사람들이 나를 잡아먹지 못해서 안달이 날 거야. 하지만 자네가 임당아화에 가입하면 그런 일은 일어나지 않겠지."

　진운상은 소옥군을 가리켰다.

　"그럼 천궁 소저는? 천궁 소저를 자네 파벌에 가입시키고 나서 팔세영웅 사람들이 자넬 괴롭히는 것은 어떻게 할 텐가?"

　"그건 감수해야지."

　"어째서?"

　"마누라를 챙기는 것은 당연하잖아?"

　기개세는 태연하게 반문했다.

그가 공식적으로 여러 사람 앞에서 소옥군을 자신의 여자라고 드러낸 것은 지금이 처음이다.

모두들 놀라서 쳐다보는데, 소옥군은 얼굴이 빨개져서 작은 주먹으로 기개세의 어깨를 약하게 툭 때리고는 고개를 푹숙였다.

그녀는 걸핏하면 기개세를 허공으로 집어 던지곤 했는데 지금은 그러지 않았다.

과연 그것이 무엇을 의미하는지 아무리 머리가 나쁜 사람이라도 짐작할 수 있을 것이다.

그러나 사실 소옥군은 너무 부끄러워서 지금 같은 반응을 보인 것이지 기개세의 말을 인정한 것은 절대 아니었다.

오히려 그런 말을 아무렇지도 않게 하는 기개세의 뻔뻔스러움 때문에 여태까지 그에 대해서 갖게 된 호감이 절반 이상은 뭉텅 떨어져 나가 버리는 것 같은 기분이 들었다.

"가입하겠네."

그때 진운상의 굵고 묵직한 목소리가 모두를 현실로 되돌려놓았다.

"그래, 잘 생각했어."

"자네 파벌에 가입하기로 결정했네."

"응?"

고개를 끄덕이던 기개세가 자신을 쳐다보자 진운상은 단호한 표정을 지었다.

“자네 파벌에 가입해서 자네가 임당아화에게 곤란을 겪는 광경을 꼭 지켜봐야겠네.”

기개세는 히죽 웃었다.

“그까짓 거야 뭐, 한 귀로 듣고 한 귀로 흘리면 되는 거지. 임당아화 사람들이 떠들면 자신들 입만 아플 거야.”

진운상은 기개세의 얼굴에 흡족한 웃음이 피어나는 것을 보면서 불길한 기분이 들었다가 잠시 후 주먹으로 탁자를 내려쳤다.

탕!

“으음! 자네의 격장지계에 속았군……!”

그가 뭐라고 하거나 말거나 기개세는 주방을 향해 소리쳤다.

“전 이모! 요리하고 술 아직 멀었어?”

“곧 나가요!”

주방에서 전봉여의 목소리가 들려오자 기개세는 진운상을 쳐다보았다.

“그리고 운상 자네, 자꾸 내 파벌이라고 하지 말게.”

진운상이 무슨 소리냐는 듯 쳐다보자 기개세는 모두를 한 번 슥 둘러보았다.

“내 파벌이 아니라 우리 모두의 파벌이야.”

그 말에 모두들 가슴이 설레이는 표정을 지었다. ‘나’와 ‘우리’의 차이는 큰 것이다.

잠시 후 강화와 종화가 탁자에 향긋한 요리와 술을 푸짐하게 늘어놓았다.

"고마워, 강화 누나, 종화 누나."

기개세가 인사를 하며 두 여자의 엉덩이를 두드리는 것을 보면서 사람들은 그가 여자를 밝히는 것이 아니라 원래 그런 습관이 있는 것이라는 생각이 들었다.

술잔을 채운 사람은 기개세와 소옥군, 진운상, 손진, 우연이고, 빈 잔을 앞에 놓고 있는 사람은 유석과 유정, 그리고 아직 기개세네 파벌에 가입하지 않은 서주동 세 사람이었다.

술잔을 채운 사람들은 승급시험 준비를 끝냈고, 빈 잔은 아직 끝내지 못한 사람들이라는 차이가 있었다.

슥—

"나는 그만 가보겠소."

자신의 방에 잠시 들렀다가 붙잡혀서 재당으로 끌려왔던 서주동이 슬그머니 일어섰다.

승급시험 준비가 턱없이 부족한 그는 소변 보러 가는 시간조차 아까울 정도였다.

"서 소협, 우리 파벌에 가입해요."

그가 문으로 향할 때 손진이 불쑥 말했다. 그녀는 서주동에게는 왕녀 같은 존재다.

서주동은 우뚝 걸음을 멈추었으나 돌아보지 않았다. 그리고 그의 얼굴이 짧은 동안에 수시로 복잡하게 변했다.

아마도 갈등을 하고 있는 것이리라. 그러더니 이윽고 가라앉은 목소리로 입을 열었다.

"미안합니다. 저는 지금 그럴 형편이 못 됩니다."

그리고는 다시 걸음을 옮겼다.

자신의 말이 무시당한 손진의 아미가 상큼 치켜올라 갔다.

그녀가 막 뭐라고 말하려 할 때 기개세의 중얼거리는 소리가 들렸다.

"서 형이 아직 승급시험 준비를 끝내지 못한 이유를 나는 알 것 같아."

'서 형'이라고 했으니 서주동을 부른 것일 게다.

서주동이 두 번째로 걸음을 멈추고 이번에는 기개세를 뒤돌아보았다.

"뭐가 말이오?"

그는 손진에게는 깍듯한 예의를 갖추지만 기개세에겐 그러지 않았다. 그럴 이유가 없기 때문이다.

모두들 기개세를 좋아한다고 해도 그에겐 기개세를 좋아할 이유가 없었다.

기개세는 서주동을 등지고 앉아 있었지만 그를 돌아보지 않고 말했다.

"무공 과제를 너무 어려운 것으로 고른 거야. 그래서 후회하고 있지만 이미 때는 늦은 거지. 틀렸나?"

서주동은 가볍게 움찔하고는 아무 말도 하지 않았다. 그가 침묵하는 이유가 기개세의 말이 맞기 때문이라는 것을 사람들은 알 수 있었다.

서주동의 고개가 약간 숙여졌다. 그는 그 자세로 다시 걸음을 옮겨 방문에 손을 댔다.

"여태껏 전력을 다했어도 되지 않던 것이 앞으로 남은 나흘 동안 매달린다고 될 것 같은가?"

기개세의 낭랑한 목소리가 갈퀴가 되어 서주동의 뒷덜미를 낚아챘다.

그의 발걸음이 세 번째로 멈춰졌다. 그리고 문을 잡은 그의 손이 바르르 떨렸다.

처음에는 기개세의 말이 조롱이라고 생각했다. 그러나 한 번 숨을 쉬기도 전에 그것이 '냉철한 분석' 으로 바뀌었다.

"배수여신(杯水輿薪)이야. 그러니 닷새 후에 승급시험이 끝나면, 그때는 무공을 잘 선택하기 바라네."

배수여신. 한 잔의 물로 수레에 가득 실린 땔나무에 붙은 불을 끄려고 하는 어리석은 짓일랑 그만두고, 다음에는 더 쉬운 무공을 선택하라는 뜻이다.

맹자를 달달 외운 기개세이니 맹자의 멋진 말쯤은 그냥 술술 흘러나왔다.

"찬바람 들어오네. 어서 문 닫게."

문은 열지도 않았는데 무슨 바람이 들어올 것이며, 이제 초가을인데 무슨 바람이 차다는 것인지. 영락없는 축객이다.

그는 서주동에게도 격장지계를 쓰고 있는 것이고, 서주동을 제외한 다른 사람들은 그 사실을 짐작하고 있었다.

서주동은 고개를 푹 숙이고 문을 잡은 채 가늘게 몸을 떨면서 꼼짝도 하지 않았다.

이제 닷새 후면 이 방의 모든 사람들이 한 단계 승급하여 임생도가 될 텐데, 자신은 계생도로 계속 머물러 있어야 한다는 비참함과 자신에 대한 무력함이 머릿속에 터질 듯이 가득 찼다.

"누가 우리 파벌 이름 하나 지어봐."

술꾼 기개세가 아직 술도 마시지 않고 불쑥 주문했다. 이제 서주동에겐 관심이 없다는 뜻이다.

그러자 모두들 눈을 반짝이면서 작명에 들어갔다. 멋있는 이름을 지으려고 다들 숨소리도 내지 않고 골몰했다.

"능소지(凌霄志)가 어때요?"

기개세의 옆자리를 소옥군과 우연에게 뺏기고 그의 맞은편에 앉은 손진이 자신없는 목소리로 제일 먼저 입을 열었다.

"능소지, 좋다! 그것으로 하자! 불만있는 사람!"

"훌륭한 이름이에요."

소옥군이 두 손을 모으고 작게 감탄하자 손진은 고마운 시선을 그녀에게 보냈다.

"아휴…… 아무리 생각해 봐도 능소지보다 좋은 이름은 생각나지 않는군요."

유정이 한숨을 내쉬자 손진은 방긋 미소를 지었다. 가슴이 찌르르 하고 이상하게 눈물이 핑 돌았다.

아무도 이의가 없자 기개세가 술잔을 높이 들며 선포했다.

"이제부터 우리 파벌은 능소지다. 모두 건배!"

기개세를 비롯한 일곱 명이 각자의 잔을 높이 들어 올렸다.

"불초에게도 술 한잔 주시겠소?"

그때 기개세의 뒤에서 조심스러운 목소리가 들렸다. 서주동이 착잡한 표정으로 기개세 뒤에 서 있었다.

모두들 침묵하며 기개세의 결정을 기다렸다.

기개세는 짐짓 엄숙한 목소리로 말했다.

"뜸들인 벌로 벌주 열 잔이야."

"스무 잔이라도 마시겠소."

서주동이 어색하게 벌쭉 웃었다.

"좋아, 스무 잔."

이윽고 서주동까지 여덟 명이 철철 넘치는 잔을 높이 들어 올렸다.

"능소지여, 영원하라!"

웬일인지 과묵한 성격의 진운상이 제일 먼저 열띤 목소리로 낮게 외쳤다.

"능소지여! 영원하라!"

그러자 모두들 따라 외치고 나서 단숨에 잔을 비웠다.

탁!

기개세가 잔을 내려놓으며 궁금한 듯 손진에게 물었다.

"진아, 그런데 능소지가 무슨 뜻이냐?"

그의 찬란한 무식함에 모두들 탁자에 엎어졌다.

소옥군이 방그레 미소 지으며 손진 대신 설명해 주었다.

"하늘보다도 더 높고 큰 뜻, 그리고 어느 누구에게도 꺾이지 않는 의지를 말하는 것이에요."

기개세는 입이 함지박처럼 크게 벌어져서 엄지손가락을 치켜세웠다.

"그래? 굉장히 좋은 뜻이로군!"

손진은 기쁘고도 부끄러운 표정으로 얼굴을 붉히며 기개세를 바라보았다.

사람의 감정이란 참으로 묘한 것이다. 얼마 전까지만 해도 기개세를 원수처럼 여기던 그녀가 이렇게 변할 줄은 하늘조차도 몰랐을 것이다.

"주동, 그런데 자네가 선택한 과제가 뭐지?"

술이 몇 순배 돌아가고 난 후 기개세는 맞은편 유석의 옆 끝자리에 앉은 서주동에게 넌지시 물었다.

서주동은 씁쓸한 얼굴로 대답했다.

"무당파 태청검법(太淸劍法)의 제일 초식 십단신형(十段神形)이오."

"말 놔."

"네?"

"말 놓으라고."

십칠 세의 기개세가 이십 세의 서주동에게 말을 놓으라 하자 서주동은 가슴이 뭉클하여 고개를 끄덕였다.

"알겠네. 무당파 태청검법의 제일 초식 십단신형을 선택했네. 그런데 너무 어려운 검법을 골랐어. 너무 난해해서 계반사의 설명을 들어도 잘 이해가 되지 않더군."

"그렇다면 자넨 구결 때문에 진도가 나가지 않는 것이로군?"

"그렇네. 구결을 이해하지 못해서 애를 먹고 있네."

기개세는 사람들을 둘러보았다.

"누구 태청검법 알고 있는 사람 없나?"

소옥군이 영롱한 옥음으로 대답했다.

"다행히 이번 내 과제가 태청검법이에요."

기개세는 고개를 끄덕였다.

"잘됐군. 어디까지 익혔어?"

"부족한 능력이라서 아직 삼 초식인 구연탄선(九連彈旋)까지밖에……."

모두 십이 초식으로 이루어진 태청검법 전체에서 삼 초식까지 익힌 그녀는 말하다가 말끝을 흐렸다.

그녀가 능력이 부족해서 삼 초식까지밖에 연마하지 못했다면, 아직 일 초식조차 터득하지 못하고 전전하는 서주동은 무엇이란 말인가.

과연 서주동은 얼굴이 붉어져서 고개를 푹 숙였다.

그런 것을 아는지 모르는지 기개세는 헤벌쭉 입이 벌어졌다.

"과연 우리 마누라는 똑똑하군. 하하하……!"

웃다가 그는 몸이 뻣뻣해졌다. 하지만 그것을 알아차린 사람은 바로 옆에 앉은 우연뿐이다.

처음에 기개세가 마누라라고 할 때는 부끄러워서 고개를 숙였던 소옥군이지만, 두 번째에는 그러지 않았다. 그리고 이번에는 곧장 응징에 들어갔다.

사람들의 시선을 피해서 고통을 가할 수 있는 곳. 바로 탁자 아래다.

소옥군은 기개세의 허벅지로 손을 뻗어 안쪽의 부드러운 살을 힘껏 꼬집은 것이다.

기개세는 비명도 지르지 못하고 꼬챙이에 찔린 물고기처럼 몸을 바르르 떨 뿐이었다.

소옥군이 꼬집기를 그만두고 손을 거두자 기개세는 손등으로 이마의 땀을 닦으면서 일그러진 얼굴에 애써 웃음을 지으며 입을 열었다.

"아… 하하하… 앞으로 남은 나흘 동안 군아가 서 형을 도와주면 어떻겠어?"

그의 말에 소옥군은 언제 그를 꼬집었느냐는 듯 온화한 미소를 지으며 서주동을 바라보았다.

"서 소협만 괜찮다면 저는 상관없어요."

서주동은 화들짝 놀라고 감격하여 이마를 탁자에 소리나게 부딪치며 절을 했다.

쿵!

"가르쳐만 주신다면 목숨을 걸고 해보겠습니다!"

기개세는 서주동에게 넌지시 충고했다.

"군아는 손이 매우니까 서 형은 조심해야 할 거야."

"그게 무슨……."

"아무것도 아니야. 신경 쓰지 말게, 서 형."

소옥군의 손이 재빨리 허벅지로 넘어오자 기개세는 황급히 손을 저었다.

이어서 유석과 유정을 쳐다보며 고개를 끄덕이고 나서 모두에게 물었다.

"형하고 정아는 이미 승급시험 준비가 끝났고, 다른 사람들 중에서 승급시험에 문제가 있는 사람은 없나?"

유석과 유정은 기개세의 말뜻을 알아차렸다. 그가 자신들을 도와서 승급시험을 무사히 치르게 해주겠다는 뜻이다.

그가 그렇게 말한 것은 여러 사람 앞에서 유석과 유정의 체면을 살려주기 위함이었다. 그리고 그 사실을 유석과 유정은 잘 알고 있었다.

대정숙의 승급시험 제도는 백오십칠 년이라는 오랜 세월

에 걸쳐서 수많은 대정생도의 승급시험을 치르는 동안 크고 작은 시행착오를 거듭하면서 다듬어졌다.

그 결과 작금에 이르러서는 승급시험에서 더 이상의 시행착오는 존재하지 않는다고 할 정도가 되었다.

'완벽' 이라고 단언할 수 있을 만큼 무도관 열 곳의 모든 무공과 학습관 열 곳의 모든 학문에 대한 검증이 끝났다.

현재 자리를 잡은 승급시험은 그것이 어떤 무공이냐에 따라서 작게는 하나의 변화나 한두 개의 초식을 시험 과제로 정하게 된다.

변화 하나만을 과제로 삼는 무공은 변화 하나의 내용이 초식 하나에 버금갈 정도이기 때문이다.

하나의 변화나 초식이 한차례 승급시험의 과제라고 해서 그 무공이 어렵고, 두 개의 초식이 과제라고 해서 그 무공이 쉬운 것은 아니다.

대정숙에서 백오십칠 년 동안 엄선한 무공들은 하나같이 위력적이고 탁월한 것들만 망라되어 있다. 그렇기 때문에 어렵고 난해하다.

비슷한 위력의 무공일 경우에 어떤 무공은 오 초식으로 되어 있고 또 다른 무공이 십 초식이면, 승급시험의 과제가 전자는 하나의 초식이 되는 것이고, 후자는 두 개의 초식이 되는 식이다.

단 일 초식밖에 없는 낙성북두검법은 난이도에서 상(上)에 속한다.

하나의 변화가 다른 검법의 하나 혹은 두 개 초식과 맞먹기 때문에, 하나의 변화만 제대로 전개할 줄 알면 승급시험에서 무난히 통과할 수 있도록 규정했다.

그러므로 기개세와 유석, 유정이 일변만을 과제로 삼는 첫 번째 승급시험에서 통과하여 임생도가 된 후에도 또다시 낙성북두검법을 선택한다면, 그때는 두 개의 변화를 전개할 줄 알아야 한다.

그리고 그 위의 단계인 신등(辛等)에서도 낙성북두검법을 선택하면 세 개의 변화를 터득해야 한다.

기개세 등이 그런 식으로 계속 낙성북두검법을 고수하여 마지막 변화인 칠 변까지 모두 소화하여 통과되면 십 등급의 세 번째인 병등까지 오르게 될 것이다.

그리고 그때 가서는 다른 무공을 선택해야 한다. 낙성북두검법을 모두 터득했기 때문이다.

만약 기개세와 유석, 유정이 낙성북두검법 하나만 완벽하게 연마한 후에 대정숙을 수료한다면, 무림에서 일류고수 이상의 실력을 발휘할 수 있을 것이다.

유석과 유정은 기개세처럼 천재가 아니라서 노력은 몇 배 이상 기울여야 하지만 결과는 초라했다.

그러나 두 사람에겐 한 가지 다행스러운 일이 있었다. 기개세를 동생과 오빠로 두었다는 사실이었다.

　첫 번째 승급시험까지 남은 나흘 동안 기개세와 유석, 유정은 자신들의 거처인 계생전 이층의 연공실에서 한 발자국도 밖으로 나오지 않았다.

　낙성검가에서는 유석과 유정이 기개세를 가르쳤으나 지금은 반대 상황이 됐다.

　불과 두 달 남짓한 동안에 전세가 역전이 되어 상전벽해(桑田碧海)가 될 줄은 유석과 유정은 물론이고 기개세 자신조차도 예상하지 못했던 일이다.

　기개세는 유석과 유정에게 북두검법을 가르치면서 한 가지 사실을 깨달았다.

　두 사람이 너무도 우둔하다는 것이다. 자신은 한 번 보고 즉시 깨달은 아주 쉬운 구결인데도 두 사람이 서너 번 이상 설명해도 알아듣지 못할 때에는 은근히 짜증이 났다.

　동작은 더했다. 그토록 쉬운 것을 왜 유석과 유정은 제대로 못하는 것인지, 대여섯 번도 넘게 아주 천천히 시범을 보이는데도 번번이 따라 하지 못하면 화를 낼 수도 없어서 아예 속이 터져 버릴 것만 같았다.

　그러다가 기개세는 깨달았다. 그들이 우둔한 것이 아니라 자신이 지나치게 뛰어나다는 사실을.

　그제야 비로소 그는 자신의 어린 시절부터 지금까지의 일들을 곰곰이 돌이켜보았다.

　부친 기무군에게 무공을 배울 때에는 못한다고 걸핏하면

두들겨 맞았었다.

그 당시에 부친은 기개세가 세상에서 제일 우둔하다는 말을 입에 달고 살았었다.

자신이 무식해서 설명을 못하기 때문에 기개세가 알아듣지 못하는 것이라고는 추호도 생각하지 않았다.

그래서 기개세는 자신이 머리가 나쁘다는 고정관념을 갖게 되어 그때부터는 무공에도 학문에도 관심을 갖지 않았다.

부친은 그런 기개세를 윽박지르기만 했지 제대로 된 교육법으로 가르치려고 들지 않았다.

그렇게 오랜 세월이 흐르면서 기개세는 바깥으로만 겉돌았고 점점 더 무공이나 학문하고는 담을 쌓게 되었다.

그의 머리가 최초로 빛을 발한 시기는 낙성검가에서였다.

하여상은 부친과는 천양지차로 설명을 너무 잘해서 기개세의 귀에 쏙쏙 들어왔다.

그녀와 유석, 유정은 진흙 속에 묻혀 있던 기개세라는 옥을 털어내고 닦아서 반짝이게 해준 사람들이다.

그로부터 불과 두 달여 만에 기개세의 천재성은 대정숙에서 찬란한 빛을 발하기 시작했다.

'내가 천재라고?

결국 기개세는 스스로 그런 사실을 깨닫기에 이르렀다.

"헉헉헉……."

"하아… 하아아……."

유석과 유정은 어깨와 가슴을 들썩이면서 거칠게 숨을 몰아쉬었다.

얼마나 숨이 찬지 심장이 터질 것 같고, 바닥을 딛고 선 두 다리와 검을 쥔 팔이 부들부들 떨렸다.

기개세가 결성한 파벌의 이름을 '능소지'라고 지은 날로부터 나흘 동안 기개세와 유석, 유정은 연공실에서 밥도 먹지 않고 잠도 자지 않은 채 북두검법과 씨름을 했다.

하루가 지났을 때 유석과 유정은 더 이상 못하겠다면서 밥은 먹지 못하더라도 잠이라도 재워달라고 기개세에게 통사정을 했었다.

이틀이 지나자 두 사람은 헛구역질을 해댔고 눈을 허옇게 까뒤집으면서 차라리 죽는 것이 편하겠다고 바닥에 길게 누워버렸다.

사흘째, 유석과 유정은 두 발로 바닥을 굳세게 버티고 서서 검을 휘둘러 댔다.

더 이상 졸리지도 배가 고프지도 않았으며, 힘이 없다고 주저앉지도 않았다.

그래서 두 사람은 깨달았다. 인간은 능력의 한계를 넘어서면 초인적인 능력이 발휘된다는 사실을.

그것은 두 사람이 한 번도 경험해 본 적이 없는 경지였다. 마치 불가의 고승이 득도(得道)를 한 듯한 느낌이 그와 비슷

할 터이다.

고통도 없고 잡념도 없다. 있다면 오로지 목적한 것을 관철하고 말겠다는 불타는 집념뿐이다.

그리고 두 사람은 사흘 동안 자신들보다 기개세가 더 많이 움직이고 또 말을 많이 했다는 사실을 깨달았다.

그것은 기개세가 자신들보다 몇 배 더 힘들었을 것이라는 사실을 짐작케 했다.

그리고 그렇게 하는 것이 기개세가 무공 연마를 하고 학습을 하는 방법이며, 그에 비해서 자신들은 너무 안이하게 무공 연마를 했다는 사실도 아울러 깨달았다.

유석과 유정은 북두검법보다는 새로운 세계를 체험하고 있다는 사실 때문에 더 흥분했다.

“헉헉……. 이제 간신히 된 것 같다.”

각각 다른 방향에서 서로 마주 보며 서 있는 유석과 유정을 보면서 기개세가 거친 숨을 몰아쉬며 중얼거렸다.

“형은 일변을 공격과 방어로 웬만큼 전환할 수 있게 되었고, 정아는 조금 어설프기는 하지만 그런대로 승급시험에는 통과할 수 있겠다.”

기개세가 바닥에 가부좌의 자세로 앉으면서 말하자 유석은 빙긋 미소를, 유정은 아쉬운 표정을 지었다.

기개세의 평가는 기준을 높은 곳에 두고 있다. 그러니까 유석이 ‘일변을 웬만큼 할 수 있게 되었다’는 뜻은 ‘완벽하게 전개할 수 있다'는 뜻이고, 유정이 '조금 어설프기는 하지만' 이라는 것은 꽤 잘한다는 뜻이었다.

지금 유석과 유정의 눈빛은 공통점이 있었다. 독기로 번들거리고 있다는 것이다.

사흘 동안 아무것도 먹지 않고, 잠도 자지 않았는데도 불구하고 눈빛은 사흘 전보다 더 강렬하게 번뜩였다.

"운공조식 한차례 하고 나서 식사하러 가자."

기개세의 말에 유석과 유정은 그 자리에 앉아 운공조식을 시작했다.

운공조식 후에 기개세와 유석은 식사를 하러 나갔는데 유정은 연공실에 남았다.

그러나 기개세와 유석은 아무 말도 하지 않고 연공실 문을 닫고 재당으로 향했다.

그 후 연공실에서는 유정의 낮은 기합 소리와 목검이 허공을 가르는 파공음이 쉴 새 없이 흘러나왔다.

第三十六章

첫 번째 승급시험(昇級試驗)

대사부

계생도들의 승급시험 당일.

무도계관 이층 대전에는 승급시험을 치르는 계생도 이십오 명과 시험관인 정시사 열 명, 계반사 열 명, 계반사들의 우두머리인 계반령과 모든 정교반사들을 총괄하는 정교총령(正敎總領), 그리고 정교반사들의 최고 우두머리인 정교장로(正敎長老)까지 자리를 잡고 있었다.

그들뿐만 아니라 승급시험을 구경하기 위해서 족히 백여 명 이상의 대정생도들이 대거 모여들었다.

원래 승급시험은 대정숙 사람이라면 어느 누구라도 관람할 수가 있었다.

그런데 평소 다른 승급시험에는 기껏 해야 십여 명 안팎의 대정생도들이 관람을 하는 데 반해서 오늘은 백여 명 이상이나 모였다.

그 이유는 두 가지다.

첫째는 강남천궁 소옥군을 보기 위함이고, 둘째는 만점자인 낙성검가의 유영, 즉 기개세를 보기 위해서다.

승급시험이 있는 날이면 갑생도들의 최종시험까지 도합 열 개의 시험이 한꺼번에 치러진다.

그런데도 불구하고 백여 명 이상이나 이곳에 모일 수 있는 것은, 상등으로 올라가면 갈수록 시험을 포기하는 생도가 많아지기 때문이다.

무공이나 학문은 원래 뒤로 갈수록 어려워지는 법이다.

대정생도들은 상등으로 올라갈수록 뒤쪽의 무공이나 학문을 배우기 때문에 한두 달 동안 연마하고 공부하는 것으로는 승급시험을 치르기가 턱없이 부족했다.

그렇기 때문에 상등생들은 매월 승급시험을 치르지 않고 서너 달에 한차례, 더 길어지면 반년에 한차례 치르는 경우도 허다했다.

구경을 하러 온 대정생도들 중에서 오청반에 속한 생도들도 이십여 명이나 눈에 띄었다.

이번 승급시험에 한 명의 만점자와 세 명의 차점자가 무더기로 몰려 있기 때문이다.

특히 그들 중에 평소에는 모습을 잘 보이지 않는 팔세영웅의 발장인 담신기가 끼어 있어서 많은 사람들의 시선을 끌었다.

오늘 시험을 치를 계생도가 이십오 명인 까닭은, 기개세를 비롯한 십칠 명이 입교하기 이전에 계생전 아래층에 남아 있던 계생도 여덟 명까지 포함된 숫자다.

말하자면 그들 여덟 명은 지난달이나 그전의 승급시험에서 탈락한 계생도들이라는 뜻이다.

무도계관 이층에는 입구인 계단을 제외하고 이십 개의 연공실이 빙 둘러 원형을 이루고 있으며, 그 복판에 넓은 대전을 이루고 있었는데 그곳이 승급시험을 치르는 시험장이다.

입구에서 정면 안쪽에 하나의 의자가 놓여 있고 그곳에 한 명의 남의장포를 입은 노인이 꼿꼿한 자세로 앉아 있었다.

그가 바로 정교반사들의 최고 우두머리인 정교장로다.

정교장로 오른쪽에는 정교총령이, 왼쪽에는 계반령이 당당한 자세로 서 있었다.

그리고 그들의 왼쪽에 열 명의 정시사가, 오른쪽에는 열 명의 계반사들이 일렬로 늘어서 있었다.

또한 계단 입구와 모든 사람들의 뒤쪽에는 총 이십 명의 정시고수들이 포위하듯 한 형세로 서 있었다.

대정숙 내에서의 모든 시험은 정시고수들이 관할한다.

그러나 대정생도들을 가르치는 사람은 정교반사이기 때문

에 승급시험에는 정교반사와 정시사들이 동참한다.

즉, 대정생도를 직접 가르친 정교반사가 시험관이 되고, 정시사는 감독을 하는 것이다.

모든 사람들이 지켜보는 가운데 먼저 지난달에 탈락했던 계생도 여덟 명부터 시험이 시작됐다.

승급시험에서의 대정생도들은 으레 긴장하게 마련이다.

그런데 오늘은 평소에는 참석하지 않던 정교장로와 정교총령을 비롯하여 백여 명의 상등생들까지 지켜보자 여덟 명의 선참 계생도들은 극도로 긴장하여 실수를 연발했다.

승급시험은 한날에 학문과 무공을 차례로 치르며, 학문에 통과해야지만 무공 시험을 볼 수 있었다.

그렇지만 대정생도들은 학문보다 무공을 몇 배나 더 어려워하고 있다.

학문은 머리로만 하면 되지만 무공은 머리와 몸 둘 다 터득해야 하기 때문에 힘이 곱절로 드는 것이다.

선참 계생도 일곱 명의 무공 시연(試演)이 끝나고 마지막 응시자가 한복판으로 걸어나왔다.

그러자 계단 좌우에서 구경하고 있던 백여 명의 대정생도들이 술렁거렸다.

지금 걸어나오고 있는 여덟 번째 계생도 때문이다.

그는 십팔구 세 전후에 여자처럼 아담한 체구를 지닌 청년이었다.

체구만 여자 같은 것이 아니라 용모 또한 여자, 아니, 절세미녀 쯤 쪄 먹을 정도로 눈부시게 아름다웠다.

오죽했으면 그에 대해서 전혀 모르는 기개세를 비롯한 십칠 명의 새로운 계생도들은 그가 여자인데 남자 옷을 입고 있는 줄로만 알았다.

잡티 한 점 없이 희고 매끄러운 그의 살결은 손가락을 대면 분가루가 풀풀 날릴 듯했으며, 추수처럼 서늘하고 큰 두 눈과 초승달처럼 휘늘어진 눈썹, 마늘쪽 같은 작고 뾰족한 코와 조그맣고 새빨간 입술 등은 보는 사람의 마음을 저절로 설레게 만들었다.

더구나 삼단처럼 길고 검은 머리카락을 뒤에서 질끈 하나로 묶어 늘어뜨렸고, 귓가의 보송보송한 귀밑머리와 우아한 턱의 선과 길고 희며 가녀린 목덜미 등은 영락없는 절세미녀의 그것이었다.

좌중에 모여 있는 대정생도들이 술렁이는 이유는 그의 아름다운 미모 때문만이 아니다. 그가 대정숙 내에서 가장 유명한 인물 중 한 명이기 때문이다.

상우서시(上愚西施)가 그의 별호다.

한낱 대정생도에게 무슨 별호가 있을까마는, 그는 무척이나 특별한 사람이라서 오래전부터 그런 별호로 불려졌다.

'상우' 란 바보도 보통 바보가 아닌 엄청난 바보를 가리키는 말이다.

그리고 '서시'는 춘추시대 월(越)나라의 절세미녀로, 그 미모가 워낙 출중해서 결국은 오(吳)나라를 망하게 하여 경국지색(傾國之色)이라는 말이 생겨나게 한 장본인이다.

말하자면 그의 별호는 '엄청난 바보면서도 경국지색의 미인'이라는 상반된 뜻을 갖고 있다. 즉, 조롱이 가득 섞인 별호인 것이다.

그가 그런 별호를 얻게 된 데에는 그럴 만한 이유가 있었다.

그는 십오 세에 대정숙에 입교하여 올해 십팔 세가 되었다.

다시 말해서 만으로 삼 년 동안 계생도로 머물고 있는 것이다. 그 말은 지난 삼 년 동안 승급시험에서 단 한 번도 통과하지 못했다는 뜻이다.

그런 일은, 아니, 사건은 대정숙 역사상 최초의 일이며, 또 최후의 일이 될 것이다.

승급시험이 매월 한 차례씩 열리니까 그는 무려 서른여섯 차례의 승급시험에서 탈락한 셈이다.

그런 그가 까다로운 입교시험에서는 어떻게 통과했는지 불가사의한 일이 아닐 수 없다.

상우서시라고 불리는 소년은 겉보기에도 극도로 긴장한 데다가 가련할 정도로 애처롭게 몸을 바들바들 떨고 있었다.

서른여섯 차례나 승급시험에서 탈락했다는 수치심과 이번에는 반드시 통과해야 한다는 절박함, 그리고 자신을 지켜보는 따가운 시선에 벌써부터 비 오듯이 땀을 흘려댔다.

담신기는 이곳에 들어서면서부터 줄곧 기개세만을 뚫어지게 주시하고 있는 중이다.

기개세를 비롯한 계생도들은 정교장로 등이 정면으로 보이는 곳에 질서있게 늘어앉아 있었다.

시험이 끝난 선참 계생도들은 기개세 등의 뒤쪽에 앉아 있으며, 그들은 또 다른 이유, 즉 시험 결과 때문에 긴장한 모습이었다.

담신기가 있는 곳에서는 기개세의 옆모습이 잘 보여서 꼼꼼하게 그를 살펴볼 수가 있었다.

그래서 담신기는 과연 부친과 북천성검 나궁조가 무엇 때문에 기개세를 '그분' 이라고 극존칭하면서 목숨을 바쳐 호위하라고 했는지 기개세의 모습에서 이유를 알아내기라도 하려는 듯 눈도 깜빡이지 않고 주시했다.

하지만 기개세의 모습에서는 아무것도 알아낼 수가 없었다. 그가 몹시 준수한 용모에 키가 꽤 크고 호리호리하다는 것 외에는 별달리 특이한 점이 없어 보였다.

아니, 그에게서는 의당 있어야 할 만점자다운 면모마저 찾아보기가 어려웠다.

책상다리를 하고 앉아 있지만 허리를 뒤로 빼고 어깨를 내려뜨린 구부정한 자세에, 고개를 이리저리 까딱거리면서 산만한 모습을 보이고 있었다.

더구나 기개세의 좌우와 뒤쪽에는 네 명의 아리따운 소녀들이 호위하듯 포진해 있었다.

그녀들 중에서도 기개세의 오른쪽에 앉아 있는 소녀가 그 유명한 강남천궁 소옥군이라는 사실을 담신기는 한눈에 알아볼 수 있었다.

소옥군의 미모에는 못 미치지만, 기개세 왼쪽에는 무척 앳돼 보이는 어리고 귀여운 소녀가, 뒤에는 눈이 번쩍 뜨일 정도의 미모를 지닌 두 소녀가 앉아 있었다.

기개세 왼쪽은 우연이고, 뒤에 두 소녀는 유정과 손진이다.

더구나 네 소녀는 기개세에게 거의 몸을 밀착시키듯 바짝 붙어서 앉아 있었다.

기개세와 소옥군을 영입하려고 찾아갔었던 장운몽과 원소련의 말에 의하면, 기개세가 가입을 거절하자 소옥군도 따라서 거절했다고 한다.

장운몽의 표현에 따르면, 그 모습이 마치 선침이후루(先鍼而後縷). 즉, '바늘이 먼저 가자 실이 따라갔다' 는 것이다.

담신기가 보기에 소옥군의 미모는 강북천봉 나운상과 우열을 가리기 어려울 정도로 절미하다.

아니, 담신기 개인적으로는 나운상처럼 북풍한설이 펄펄 날리는 냉혈녀(冷血女)보다는, 나긋나긋한 소옥군이 더 끌리는 미인이다.

또한 강남천궁이 더없이 고결하고 선량하며, 선녀처럼 우아하다는 소문이 사실이라면 미모, 성품이나 자질 면에서 소옥군이 나운상을 능가하는 것이 사실이다.

그런 그녀가 어째서 기개세에게 실(縷) 같은 존재가 된 것인지 도무지 모를 일이었다.

그때 선참 계생도의 마지막인 상우서시가 정교장로 등을 향해 포권을 하며 외쳤다.

"계, 계생도 부옥령(扶玉玲)이… 임등 승급시… 험을 시작하겠습… 니다!"

그러나 자세는 어정쩡하고 말은 심하게 더듬었으며, 더 중요한 것은 목소리가 여자처럼 가늘고 고음이라는 것이다.

바지를 벗겨서 음경이 있는지 확인하기 전에는 겉모습은 영락없는 여자다.

더구나 이름마저 부옥령이라니, 그 역시도 예쁜 여자의 이름이 아닌가.

계반령이 고개를 끄덕이는 것을 신호로 상우서시 부옥령은 긴장된 표정으로 초식을 전개하기 시작했다.

그는 한 자루 석 자 네 치 길이의 장검을 사용하며, 시험을 치를 무공은 지난 삼 년 동안 과제를 한 번도 바꾸지 않고 줄곧 연마해 온 나부파의 적하검법(赤霞劍法)이다.

그런데 그가 검법을 전개하자마자 지켜보던 대정생도들 얼굴에 실망과 비웃음이 엇갈려 떠올랐다.

그의 동작은 마치 허공에 매달아놓은 하나의 나무토막이

바람에 흔들리는 것처럼 뻣뻣한데다 어색하기 짝이 없었다.

허공을 그어대는 검에서는 파공음도 일지 않았고, 보법을 밟는 두 발은 뒤뚱거렸으며, 몸에 잔뜩 힘이 들어가서 걸을 때마다 바닥이 쿵쿵 울렸다.

너무 긴장한 탓에 더욱 창백해진 얼굴에서는 비 오듯이 땀이 흘렀고, 커다란 두 눈은 한껏 부릅떴는데 핏발이 곤두서 있었다.

저것이 과연 검법을 전개하는 것인지 아니면 허수아비가 춤을 추는 것인지 분간하기 어려울 정도다.

바로 그때 전혀 예기치 못한 일이 벌어졌다.

휘익!

부옥령이 제딴에는 어떻게든 제대로 해보려고 전력을 다해서 검을 휘두르다가 손이 땀에 흠뻑 젖은 탓에 그만 검을 놓쳐 버리고 만 것이다.

그리고 그 검은 일 장 반 거리에 앉아 있는 정교장로를 향해 일직선으로 쏘아갔다.

"앗!"

"위험합니다!"

실내 여기저기에서 다급한 외침이 터졌다.

그러나 정작 정교장로는 자신의 얼굴을 향해 곧장 쏘아오는 검을 담담한 시선으로 바라보고만 있다가 슬쩍 왼손을 내밀어 검지와 중지 두 손가락 사이에 끼워서 검을 간단하게 잡아버렸다.

착!

그러자 여기저기에서 나직한 한숨 같은 탄성이 흘러나왔다.

쿵!

"자… 장로님! 주… 죽을죄를 졌습니다……!"

그때 부옥령이 그 자리에 허물어지듯이 무릎을 꿇으며 정교장로를 향해 이마를 바닥에 대고 외쳤다. 그것은 차라리 울부짖음에 가까웠다.

빙 둘러 서 있는 선시고수들은 눈을 번쩍이며 명령이 떨어지기만을 기다렸다.

정교장로의 한마디면 부옥령은 시험장에서 끌려 나가서 내동댕이쳐질 것이다.

좌중에 고요한 침묵이 흘렀다.

슥—

"검을 가져가게."

정교장로는 검파 쪽을 부옥령에게 내밀며 조용한 목소리로 말문을 열었다.

"자… 장로님……!"

고개를 든 부옥령의 두 눈에서 폭포 같은 눈물이 쏟아졌고, 얼굴은 참담하게 일그러졌다.

이 순간의 그는 오직 죽고 싶다는 생각밖에는 들지 않았다.

상우라는 말로도 모자라서 자신이 천하에 다시없는 등신처럼 여겨졌고, 아무짝에도 쓸모없는, 살아 있어봤자 손가락질만 받는 병신 같은 놈으로 여겨졌다.

정교장로가 검을 내밀고 있는데도 그는 그 자리에서 쩔쩔매며 움직이지 못했다. 오금이 얼어붙은 모습이다.

"어서 검을 가져가시오."

그러자 보다 못한 정교총령이 웅혼한 목소리로 꾸짖었다.

부옥령은 움찔 놀랐다가 무릎걸음으로 엉금엉금 다가가는데 몹시 느린데다 자세도 뻣뻣해서 보는 사람들은 복장이 터질 정도로 답답함을 느꼈다.

부옥령은 바들바들 떨리는 손으로 겨우 자신의 검을 받아들고 일어나서 비틀거리며 자리로 돌아왔다.

기개세 일행이 쳐다보자 부옥령의 창백한 뺨을 타고 눈물이 후드득 마구 떨어지고 있었다.

그리고 그의 얼굴에는 자신을 죽여 버리고 싶어 하는 자책이 역력히 떠올라 있었다.

"다음 생도 나오십시오."

계반령의 구령에 이윽고 기개세가 몸을 일으켰다.

그런데 양쪽에 앉은 소옥군과 우연이 그의 팔을 잡고 일으켜 주는 것을 마침 기개세 쪽을 쳐다보고 있던 몇몇 사람들이 똑똑히 목격했다.

기개세는 네 소녀와 유석, 진운상, 서주동 등을 돌아보면서 빙그레 미소 지으며 손을 들어 보였다.

여유가 넘치다 못해서 승급시험을 아예 대수롭지 않게 여기는 듯한 태도로까지 보였다.

그때 한 사람이 소리없이 이층 계단을 달려 올라오더니 담신기의 옆에 가만히 앉았다.

그녀는 강북천봉 나운상이다. 석 달 만에 치르는 병등 승급시험이 끝나자마자 곧장 달려오는 길이었다.

그러는 것을 보면 그녀도 내심으로는 '그분' 이라는 존재가 은근히 신경 쓰였던 모양이다.

담신기가 쳐다보자 나운상은 입술 끝으로만 흐릿하게 미소를 지어 보였다.

이번 승급시험에 입격했다는 뜻이었다. 다른 사람 같으면 기뻐서 펄펄 뛸 텐데 그녀는 보일 듯 말 듯 미소를 짓는 것이 전부였다.

담신기는 우뚝 서 있는 기개세를 턱으로 슬쩍 가리켰다. 그가 바로 '그분' 이라고 나운상에게 가르쳐 주는 것이다.

나운상은 날카롭게 기개세의 얼굴부터 발끝까지 뜯어보기 시작했다.

그러더니 곧 시선을 거두고 다른 계생도들을 바라보았다. 파악이 끝났고, 기개세가 더 이상 자신의 흥미를 끌지 않는다는 뜻이다.

"계생도 유영, 임등 승급시험을 시작하겠습니다."

츠우웅!

그가 어깨의 검을 뽑자 실내를 은은히 떨어 울리는 용음이 묵직하게 흘렀다.

나운상은 잠시 한눈을 팔다가 곧 다시 기개세를 쳐다봐야만 했다.

정교장로를 향해 정중히 포권을 하고 난 기개세가 불과 한 호흡 만에 낙성북두검법 일변의 전개를 마치고 뚜벅뚜벅 걸어서 자신의 자리로 돌아가고 있었기 때문이다.

그가 초식을 전개하는 것을 제대로 본 사람은 정교장로와 정교총령, 그리고 계반구 세 사람뿐이었다.

그나마 눈이 빠른 계반령과 담신기, 소옥군, 진운상 정도만이 기개세가 발검을 하고 무언가 초식을 전개하는 듯한 동작을 어렴풋이 본 정도였다.

대부분의 사람들은 기개세가 단지 검을 뽑았다가 다시 꽂는 것만 보았을 뿐이다.

물론 나운상도 보지 못한 사람에 속했다. 그녀는 자리에 앉는 기개세를 바라보다가 담신기를 돌아보며 어떻게 된 일이냐고 눈으로 물었다.

담신기가 대답 대신 정교장로를 쳐다보자 나운상도 그를 바라보았다.

그리고 두 사람은 정교장로의 얼굴에 약간의 놀라움이 가볍게 떠올랐다가 곧 흡족한 미소를 지으면서 고개를 끄덕이는 것을 발견했다.

두말할 것도 없이 기개세는 입격이라고 담신기와 나운상
은 판단했다.

기개세가 도대체 어떤 검법을 어떻게 전개했는지는 제대
로 보지 못했으나, 정교장로의 표정으로 미루어 입격된 것이
분명했다.

나운상은 그제야 기개세에게 최초의 관심을 가졌다. 그러
나 그것은 어디까지나 같은 만점자로서 기개세가 갖고 있는
천재성에 국한된 것이었다.

다음 차례는 유정이다. 그녀가 일어나기 전에 기개세는 손
을 꼭 잡아주고 온화한 미소를 지어 보였다.

그 미소는 '긴장하지 말고 연습했던 대로만 하면 문제없
어'라고 말하고 있었다.

유정은 몹시 긴장해서 몸이 떨렸으나 막상 초식을 펼칠 자
세를 잡자 마음이 편안하게 안정되었다.

낙성북두검법은 짧은 검법이다. 아무리 유정이라고 해도
네 호흡이면 끝난다.

그녀는 그 짧은 시간에 자신의 운명이 결정된다는 사실을
새삼 인식하고 최선을 다해서 검법을 전개한 후 자신의 자리
로 돌아왔다.

그다음은 유석, 그리고 소옥군과 진운상, 손진, 우연의 순
서로 시험을 보았다.

우연은 긴장을 해서 약간 떠는 바람에 만족할 만한 초식 전개를 하지 못했다.

그 때문에 그녀는 자리에 돌아와서 기개세의 어깨에 이마를 대고는 두 손을 모은 채 고개를 숙이고 있었다.

기개세네 능소지 파벌의 마지막으로 서주동이 긴장된 얼굴로 나섰다.

그는 소옥군의 상세하고도 정성스러운 가르침 덕분에 나흘 전에 비해서 월등하게 실력이 나아진 상태였다.

그는 크게 심호흡을 한차례 하고 나서 수백 번도 더 연습을 한 무당파의 태청검법 제일 초식 십단신형을 무난하게 전개하고 돌아섰다.

자리로 돌아오는 그는 제일 먼저 소옥군을 쳐다보았다.

소옥군이 담담히 미소를 지으며 가볍게 고개를 끄덕이자 그제야 긴장을 풀고 나직한 한숨을 내쉬었다.

시험관인 계반사의 입격 여부보다 소옥군의 반응을 더 신뢰한다는 뜻이다.

기개세네 능소지 여덟 명이 끝난 후 선우현 등을 비롯한 아홉 명 계생도들의 시험이 이어졌다.

선참 계생도 여덟 명 중에서 다섯 명이 승급시험에 입격하고 세 명이 탈락했다.

실수까지 한 상우서시 부옥령은 당연히 탈락했다.

그는 기대조차 하고 있지 않았다는 듯 시종 우울한 표정으로 고개를 푹 숙이고 있었다.

계반령이 계생도를 호명하고 입격과 탈락을 발표할 때마다 희비가 극명하게 엇갈렸다.

"계생도 유영."

드디어 기개세 차례가 되어 그가 일어서자 계반령이 낭랑하게 발표했다.

"입격."

"유정."

이름이 불리기 전까지는 괜찮았으나 막상 자신의 이름이 호명되자 유정은 입 안에 침이 마를 정도로 긴장했다.

그리고는 초식을 전개하면서 약간 실수를 한 것 같은 생각이 들어서 목에 걸린 가시처럼 께름칙했다.

"입격."

"아……."

입격이 발표되자 유정이 흘린 안도의 한숨 소리가 모두의 귀에 또렷하게 들렸다.

유석과 소옥군, 진운상, 손진의 이름이 연이어 호명되고 또 입격이 발표되었다.

그들은 내심 입격을 자신하고 있었으나 막상 입격이 발표되자 안도의 표정을 지었다.

그때까지도 기개세의 뒤 왼쪽에 앉은 우연은 그의 어깨에 이마를 대고 두 손으로 그의 팔을 꼭 붙잡은 채 꼼짝도 하지 않고 있었다.

가느다란 떨림이 어깨를 통해서 전해지는 것을 느낀 기개세는 그녀가 매우 여린 성격이라는 것을 알게 되었다.

"우연."

이름이 호명됐으나 너무 긴장해서 듣지 못한 우연은 일어서지 않았다.

"입격."

그 소리도 듣지 못한 우연은 계속 그 자세로 바들바들 떨고 있을 뿐이었다.

기개세가 뒤돌아보자 그녀는 눈을 동그랗게 뜨고 의아한 표정으로 바라보았다.

기개세는 말은 하지 않고 입 모양만으로 '입격' 이라고 벙긋벙긋 해 보였다.

그러자 마치 꽃봉오리가 갑자기 펼쳐지면서 활짝 만개하듯이, 우연의 얼굴에 환한 기쁨이 피어났다.

"꺄악! 입격이에요!"

그녀는 너무 기뻐서 기개세에게 안기며 비명을 질렀다.

엄숙하기 짝이 없는 시험장이지만 그녀는 아랑곳하지 않았다. 아니, 기쁨에 겨운 나머지 이곳이 어디인지를 잠시 망각해 버렸다.

나운상은 기개세의 가슴에 얼굴을 묻은 채 기쁨을 만끽하고 있는 우연을 싸늘한 눈빛으로 주시했다.

같은 아미파 속가제자이며 후배인 우연의 그런 촐싹거리는 행동은 나운상의 심기를 건드리기에 충분했다.

담신기는 시간이 지날수록 기개세에 대해서 다시 생각하게 되었다.

처음에는 그저 키 크고 잘생긴 도련님 정도일 뿐 별로 특별할 것이 없다고 여겼었다.

하지만 지금은 그가 조금쯤은 특별한 존재로 보였다.

강남천궁 소옥군을 비롯한 여러 미소녀들을 거느리고 있는 듯한 광경이나, 진운상과 유석, 서주동 등이 그를 몹시 의지하는 듯한 모습 때문이었다.

기개세는 우연의 등을 부드럽게 토닥거렸고, 능소지 사람들은 흐뭇한 미소로 그녀의 입격을 축하해 주었다.

다만 아직 발표가 나지 않은 서주동만이 초조한 표정으로 계반령을 주시하고 있었다.

그는 지금 그 어느 때보다도 간절한 심정이었다. 지난 나흘 동안 자신을 위해서 그토록 성심껏 헌신해 준 소옥군을 위해서라도 반드시 입격하기를 빌었다.

나흘 전까지만 해도 그는 이번 승급시험에서 자신은 입격하고는 거리가 멀다고 자포자기했었다.

그러나 소옥군에게 가르침을 받고 난 이후에는 달라졌다. 어쩌면 입격할 수도 있을지 모른다는 기대를 하게 되었다. 그만큼 그녀와 함께 노력을 많이 쏟았기 때문이다.

"서주동."

"넵!"

너무 긴장한 나머지 그는 실내가 떠나갈 정도로 우렁차게 대답하고 벌떡 일어섰다.

그는 계반령을 주시하며 눈도 깜빡이지 않고 온몸에 힘을 잔뜩 준 채 어금니를 악물었다.

'제발……'

대정숙 입교시험의 입격 발표를 기다릴 때에도 지금처럼 간절하지는 않았던 것 같았다.

"입격."

그 소리가 마치 하늘 저 꼭대기에서 울려 퍼지는 천둥소리처럼 크게 들렸다.

서주동은 앉으면서 소옥군을 쳐다보았다. 그의 얼굴에는 기쁨보다는 감사의 표정이 가득했다. 그리고 누굴 위해서 죽을 수도 있다는 생각이 난생처음 들었다.

소옥군은 부드러운 미소를 지으며 가볍게 고개를 끄덕였다.

그녀의 미소는 '그럴 줄 알았어요' 라고 말하는 듯했다.

또 한 가지, 서주동은 손진의 말을 듣고 능소지에 합류하기를 정말 잘했다는 생각이 들었다.

이후 계생도의 발표가 계속되었다.

당연히 선우현은 입격을 했고, 불행히도 차곤집은 탈락했다. 그로써 차곤집은 계생전 이층 기개세네 방 열 명 중에서 유일하게 탈락한 사람이 되었다.

선우현은 지난 한 달 동안 차곤집하고 한마디도 말을 나누지 않았다.

선우현은 철저히 자기중심적인 사람이므로 그가 차곤집의 과제를 도울 리 없었다.

차곤집은 기개세 일행 여덟 명이 모두 입격한 것을 보고는 그들과 어울리지 않은 것을 그제야 뼈저리게 후회했으나 이미 때는 늦었다.

힘없이 무도계관을 나서는 차곤집의 머리에 문득 어떤 글귀 하나가 떠올랐다.

창승부기미치천리(蒼蠅附驥尾致千里).

쉬파리 혼자서는 먼 길을 갈 수 없으나, 천리마 꼬리에 붙으면 천릿길도 갈 수 있다는 뜻이다.

第三十七章
첫 외박

大夫

대사부

“임당아화에 가입하지 않겠습니다.”

진운상이 차분하게 가라앉은 목소리로 말하자 그때부터 좌중에는 한동안 고요한 침묵이 흘렀다.

이곳은 임당아화 파벌의 전각인 정협전(正俠殿) 편좌실(便坐室:휴게실) 안이고, 우두머리인 발장을 비롯한 열 명의 남녀 대정생도가 모여 있었다.

임당아화는 총 십육 명인데 그중에서 지금처럼 열 명이 한꺼번에 모이는 경우는 한 달에 두어 차례뿐이었다.

발장 이하 열 명이 반원형으로 빙 둘러앉아 있는 복판에 진운상이 서 있었다.

“이유는?”

잠시 침묵이 흐른 후에 진운상으로서는 아직 누군지 모르는 청년 한 명이 툭 내뱉듯이 물었다.

진운상이 능소지에 가입하면 임당아화에는 가입하지 못한다.

하지만 그것 때문에 불이익을 당하게 된다고 해도 피하지 않고 달게 받을 각오가 되어 있었다.

“다른 파벌에 가입할 생각입니다.”

다른 청년이 물었으나 진운상은 임당아화의 발장인 관수(串秀)라는 건장한 청년을 똑바로 주시하며 대답했다. 에두르지 않고 솔직하게 말하는 것은 진운상의 성격이다.

진운상의 대답에 발장 관수를 제외한 아홉 명의 얼굴에 어이없다는 표정이 잔물결처럼 떠올랐다.

진운상이 이곳에 들어선 이후 관수는 한마디도 하지 않았고, 표정의 변화도 거의 없는 모습이었다.

하지만 진운상은 관수가 누군지 잘 알고 있었다. 소림사에서 수련을 받을 때 오 년 정도 함께 생활한 적이 있었고, 그 후에 관수는 대정숙에 입교하기 위해서 떠났다.

진운상보다 세 살 많고, 진운상 정도는 십 초식 만에 간단하게 제압할 수 있는 실력의 소유자였다.

그것이 이 년 전의 일이므로 지금은 훨씬 더 고강해졌을 것이 분명하다.

진운상은 이곳의 질식할 듯한 분위기 때문에 당장에라도 뛰쳐나가고 싶었지만 어금니를 악물고 꾹 참았다.

어렵게 이곳에 왔으며 이미 다른 파벌에 가입하겠다고 통보까지 했으니 강의 절반은 건넜고, 이제는 마지막 절반만 남은 셈이다.

그렇지만 능소지에 가입하기로 마음먹은 것을 후회하지는 않는다.

기개세와 소옥군 등 마음이 맞는 사람들과 함께 있는 것이 너무 좋기 때문이다.

이날까지 외롭게만 살아온 진운상이다. 그는 자신이 기리단금(其利斷金)의 친구들과 화기애애하게 생활할 만한 자격이 있다고 생각했다.

"어떤 파벌인가?"

이번에도 역시 관수는 말을 하지 않았다. 의자에 깊숙이 상체를 묻은 채 진운상을 쳐다보지도 않고 반쯤 열린 창밖을 응시하고 있었다.

방금 그렇게 물은 것은 조금 전의 그 청년이 아닌 또 다른 청년이었다.

소림제자가 임당아화 외에 가입할 수 있는 파벌은 없다. 그런데도 진운상은 다른 파벌에 가입하겠다는 것이다.

"능소지입니다."

진운상의 입에서 들어보지 못한 이름이 흘러나왔다.

“그런 파벌이 있었나?”

“곧 발족할 것입니다.”

“누가 주체인가?”

“낙성검가의 차남 유영입니다.”

“지난달 만점자 말인가?”

“그렇습니다.”

관수를 제외한 아홉 명의 남녀들이 번갈아 가면서 질문을 쏟아냈다.

진운상은 숨길 것이 없었다. 만약 능소지가 비밀스럽고 뒷구멍에서 이상한 짓이나 일삼는 파벌이 될 것이라는 생각이 들었으면 가입할 생각조차 하지 않았을 것이다.

“어떤 자들이 그곳에 가입하는지 아는가?”

“압니다.”

“말해보라.”

“낙성검가의 삼 남매와 강남천궁 소옥군, 벽검문의 손진, 취봉문의 우연, 남천문의 서주동, 그리고 저입니다.”

파벌을 발족하는 것은 그리 어렵지 않다. 정원수 다섯 명이 되면 정법장로를 통해서 대정총령에게 정식으로 파벌 발족을 요청하고 재가를 얻으면 된다.

그렇게 하면 오청반에게 지원되는 똑같은 지원을 받게 되고 정식으로 파벌 활동에 들어갈 수 있다.

대정생도들이 파벌을 만드는 경우는 드문 일이 아니다. 지금도 서너 달에 하나 꼴로 파벌이 생겨났다가 얼마 지나지 않아서 와해되곤 했다.

제약은 거의 없으며 단 두 가지만 지키면 파벌은 계속 존속될 수 있다.

그 첫째는 정원수 다섯 명 이상을 유지하는 것이고, 둘째는 파벌에서 매월 한 명 이상이 승급시험에서 입격을 해야 한다. 단, 파벌에 속한 생도 전원이 최고 등급인 갑생도일 경우는 예외로 한다.

새로 발족한 대부분의 파벌들이 첫 번째 조건은 충족하지만 두 번째 조건을 지키지 못해서 해체되기 일쑤였다.

그러나 진운상이 지금 말하고 있는 '능소지'라는 파벌은 뭔가 심상치가 않다고 임당아화의 생도들은 생각했다.

우선 한 명의 만점자와 두 명의 차점자가 있으며, 무림팔대세가에 속한 두 명이 포진되어 있다.

그 정도면 대정생도들에게 인기를 끌기에 부족함이 없다.

그러므로 앞으로 정원수 다섯 명 이상을 유지하는 것은 어렵지 않은 일일 것이다.

또한 만점자와 차점자, 그리고 명문가의 후예들이 망라되어 있으므로 매월 한 명 이상 승급시험에 입격해야 한다는 조건도 어쩌면 무난할 듯하다.

관수는 여전히 굳은 얼굴로 창밖을 주시하고 있었고, 나

머지 아홉 명은 표정이 변하여 나직하게 수군거리고 있었
다.

능소지가 여태까지 대정숙에서 오청반 외에 부침을 거듭
했던 수많은 파벌들하고는 격이 다르다는 사실이 그들을 적
잖이 긴장하게 만들었다.

진운상은 자신이 하고 싶은 말을 다 했다. 그가 능소지에
가입하는 것은 순전히 자신의 결정에 따르는 것이므로 누군
가의 허락을 받을 필요는 없다.

또한 그런 사실을 구태여 임당아화에 알려줄 필요는 없으
나 도의적인 책임까지 회피하고 싶지는 않았다.

"그럼."

진운상은 정중히 포권을 해 보이고 몸을 돌렸다.

전에는 느끼지 못했는데 지금 그는 소림과 무당, 아미파,
화산파의 속가제자들에게 강한 거부감이 느껴졌다. 그들이
몹시 배타적이라는 사실도 지금 처음 느끼고 있었다.

그래서 한시바삐 이곳을 벗어나 능소지의 친구들을 만나
고 싶어졌다.

"운상 사제."

진운상이 두 걸음쯤 옮겼을 때 관수가 최초로 입을 열었다.

진운상은 즉시 걸음을 멈추고 뒤돌아서 정중히 포권을 했
다.

"말씀하십시오, 삼사형."

관수는 소림사에 있을 때 장문인 혜각 선사의 세 번째 속가
제자였다. 그러므로 일곱 번째 속가제자인 진운상의 삼사형
이 되는 것이다.

관수는 처음으로 진운상에게 시선을 주며 담담한 어조로
말문을 얼었다.

"마음이 바뀌면 언제든 임당아화에 와도 좋다."

그 말에 진운상과 아홉 명의 남녀는 적잖이 놀란 표정을 지
으며 관수를 쳐다보았다.

진운상의 행위는 명백한 배신이다. 그런데 관수는 배신자
에게 언제든 돌아와도 좋다고 자비를 베푼 것이다.

"감사합니다."

관수의 배려를 냉담하게 거절할 필요는 없다. 후일 임당아
화에 가입하려는 생각에서가 아니라 관수의 마음만을 고맙게
받겠다는 뜻이다. 진운상은 정중히 포권하고 성큼성큼 걸어
정협전을 나왔다.

"발장! 어째서 그런 겁니까?"

"저놈은 배신자입니다. 그런 놈을 다시 받아들이겠다는 것
입니까?"

진운상이 나가자 아홉 명의 남녀가 기다렸다는 듯이 관수
를 향해 포문을 열었다.

관수는 단 한마디로 아홉 명의 기세를 꺾어버렸다.

"모두 나운상을 잊은 것인가?"

그 말에 아홉 명은 즉시 입을 다물었다. 그리고 좌중은 침울한 분위기가 되었다.

지난번 만점자 강북천봉 나운상은 아미파의 속가제자이면서 동시에 무림팔대세가의 하나인 성검문의 소문주라는 신분을 갖고 있다.

그 말은 임당아화나 팔세영웅 두 곳 중 어디라도 가입할 수 있는 조건을 갖추었다는 뜻이다.

그런데 나운상은 결국 무림팔대세가의 파벌인 팔세영웅을 선택했다.

임당아화로선 믿고 있던 도끼에 제대로 발등이 찍히고 만 꼴이 되었다.

나운상이 팔세영웅에 가입한 후에도 임당아화는 그녀를 포기하지 않고 계속 접촉하면서 임당아화에 가입할 것을 회유했으나 공염불로 그쳤다.

그런 판국에 또다시 이번 차점자인 진운상이 임당아화의 가입 불가를 선언한 것이다.

이 상황에서 나운상과 진운상을 배신자로 낙인을 찍어서 혹시나 돌아올지도 모르는 길마저 차단해 버리는 것은 우둔한 짓인 것이다.

"어이! 왜 이렇게 늦은 거야, 운상!"
"어서 와요, 운상 오빠!"

"하하! 기다리고 있었네, 운상."

계생전 앞에는 능소지 친구들 일곱 명이 모여서 진운상을 기다리고 있었다.

그들은 진운상을 보자마자 환하게 웃으며 손을 흔들어 왁자하게 반겨주었다.

그들은 진운상이 임당아화에 갔다는 사실을 모르고 있었다.

진운상은 그들을 보는 순간 임당아화에서 얼어붙었던 마음이 봄눈 녹 듯이 풀리는 것을 느꼈다.

그러면서 자신이 이런 정다운 친구들이 있는 능소지를 선택한 것이 정말 잘한 일이라는 생각이 들었다.

오늘은 대정숙에 입교한 이후 최초로 맞는 첫 외박 날이라서 모두들 한껏 들뜬 표정들이다.

더구나 능소지의 여덟 명은 첫 번째 임등 승급시험에서 모두 입격하는 쾌거를 올렸으니 첫 외박의 기쁨이 배가되었다.

밖에 나가면 어떤 상황일지 모르겠지만, 일단 모두들 기개세를 따라서 낙성검가에 가기로 뜻을 모았다.

광화현에서 낙양성으로 이사를 한 낙성검가의 삼 남매 외에는 모두 이곳이 객지이기 때문이다.

"가자, 운상."

기개세가 진운상과 어깨동무를 하며 걸음을 옮기자 모두

들 뒤를 따랐다.

기개세가 왼팔을 진운상의 어깨에 둘렀으므로 오른쪽이 비어 있는 상태다.

하지만 호시탐탐 기회를 노리고 있는 손진과 우연은 그의 옆에 다가가지 못하고 잠자코 있었다.

왜냐하면 기개세의 왼쪽이든 오른쪽이든 첫 번째 선택권은 항상 소옥군에게 있기 때문이다.

딱히 누가 그렇게 해야 한다고 일부러 정한 것이 아니라, 지난 한 달 동안 자연스럽게 형성된 암묵적인 지위의 분배 같은 성격이었다.

즉, 기개세 곁에 앉거나 서고 싶은 손진이나 우연, 그리고 유정까지 세 소녀는 감히 소옥군을 적으로 생각하지 않는다. 아니, 못한다.

그러므로 그녀에게는 무엇이든 양보하는 것이다. 그것이 설혹 기개세라고 하더라도.

슥—

소옥군이 자연스럽게 기개세의 오른쪽에 나란히 서서 걸어가자 그때부터 두 소녀 손진과 우연의 작은 싸움이 시작됐다.

기개세의 왼쪽을 누가 차지하느냐는 것이다. 이 싸움에서 유정은 제외된다.

기개세를 이성으로 여기고 있는 손진이나 우연하고 그를

오빠로 생각하는 유정과의 대결은 처음부터 이루어질 수 없는 것이다.

툭!

그때 손진이 어깨로 진운상을 밀치면서 기개세와의 사이로 파고들었다.

그녀는 키가 큰 편이지만 진운상에 비해서는 반 뼘 정도 작기 때문에 어깨가 그의 겨드랑이에 닿았다.

진운상은 손진의 의도를 알기 때문에 즉시 옆으로 밀려났고, 결국 기개세의 왼쪽은 손진 차지가 되었다.

진운상이 기개세에게서 떨어지기만을 기다리고 있던 우연은 그 광경을 보고 맥이 빠졌다. 손진이 그런 방법을 쓸 줄은 몰랐던 것이다.

슥—

힘없이 기개세의 뒤를 졸졸 따라가고 있는 우연의 어깨에 누군가의 손이 닿았다.

의아한 얼굴로 우연이 쳐다보니 유정이 빙그레 미소를 짓고 있었다.

대정숙의 거대한 전문은 굳게 닫혀 있고, 그 옆의 작은 소문(小門)이 열려 있다.

외박하는 날이라고 해봐야 대정생도 오백여 명 중에서 외박을 하는 생도는 수십 명에 불과하기 때문에 소문으로 출입하게 한다.

대정생도들은 천하 방방곡곡에서 모였다. 그러므로 열흘에 한 번 있는 하루 외박이나 한 달에 한 번의 사흘 외박으로는 고향에 다녀올 엄두를 내지 못한다.

그렇다고 아무런 연고도 없는 낙양성에 무작정 나가서 하루나 사흘을 무의미하게 허비할 만큼 대정생도의 생활이라는 것이 녹록하지가 않다.

오히려 낙양성과 인근에 자파나 고향집이 있는 생도들마저도 공부와 무공 연마에 여념이 없어서 일부러 외박을 나가지 않으려는 실정이었다.

보무도 당당하게, 그리고 웃고 떠들면서 와자지껄 전문에 당도한 기개세 일행은 작은 문을 통해서 밖으로 나갔다.

딱 한 달 만에 바깥 세상에 나가보는 기개세 일행이라서 모두들 얼굴에 생동감이 넘쳤다.

전문 밖에는 몇몇 가족들이 외박을 나오는 대정생도들을 기다리고 있었다.

먼 곳에서 온 가족은 대정숙에 미리 기별을 넣어서 생도를 나오도록 한다.

"영아!"

그때 귀에 익은 목소리가 들려왔다.

기개세 일행이 쳐다보니 하여상이 먼저 이쪽을 발견하고 달려오고 있었다.

“영아!”

기개세와 유석, 유정이 함께 나오고 있었지만 하여상은 둘째 아들의 이름만 불렀다. 그녀 얼굴에는 반가움이 가득했고 벌써부터 펑펑 눈물을 흘리고 있었다.

“하하하! 엄마!”

기개세는 환하게 웃으면서 하여상을 향해 마주 걸어가며 두 팔을 활짝 벌렸다.

‘엄마?’

소옥군, 진운상 등은 ‘엄마’ 라는 호칭에 빙그레 미소를 지었다. 과연 기개세답다는 생각이 든 것이다.

“영아! 내 아들아!”

하여상은 달려오면서 곧장 기개세의 품으로 뛰어들었다. 두 팔로 허리를 끌어안고 얼굴을 가슴에 비비면서 울음을 그치지 않았다.

만약 기개세의 친엄마인 한송연이 본다면 질투를 느낄 만한 광경이 아닐 수 없었다.

하지만 그 광경을 보면서 유석과 유정은 조금도 서운하게 여기지 않았다.

두 사람이 생각하기에도 기개세는 천만금보다 소중한 아들이고 동생이며 오빠이기 때문이다.

그렇다고 모친이 기개세만 사랑하는 것이 아니라는 사실을 잘 알고 있었다.

어쩌면 모친보다 자신들이 더 기개세를 사랑하고 있을지
도 모르는 일이다.

"그만 울어요, 엄마."

기개세는 하여상의 등을 토닥이면서 부드럽게 말했다.

소옥군과 진운상 등은 그 광경을 보면서 조금 유별난 모친
이라는 생각이 들었다.

보통 명문가의 부인은 위엄이 있고 체통을 지키는데 하여
상은 그렇지 않았기 때문이다.

하지만 그녀도 두어 달 전까지는 여느 명문가의 대부인 못
지않은 요조숙녀였으나, 기개세를 만난 이후 이렇게 변했다
는 사실을 능소지의 친구들이 알 리가 없었다.

잠시가 지난 후에야 하여상은 기개세의 가슴에서 얼굴을
떼고 그의 뺨을 부드럽게 어루만지며 정이 담뿍 담긴 눈빛으
로 바라보았다.

"고생하지 않았느냐?"

"하하! 누가 날 고생시키겠어요?"

"그야 그렇지만……."

유석과 유정이 반가움이 가득한 표정으로 하여상에게 공
손히 인사를 했다.

"어머니, 그간 평안하셨습니까?"

"어머니, 한 달 동안 무사히 마쳤습니다."

하여상은 여전히 기개세의 품에 안긴 채 온화하면서 자상

한 얼굴로 아들과 딸을 일일이 바라보았다.

"오냐. 애썼다."

소옥군과 진운상 등은 그제야 하여상에게서 명문가의 대부인다운 풍모를 발견했다.

그러나 그녀가 어째서 삼 남매 중에서 유독 기개세에게만 각별한 애정을 보이는지에 대해서는 의문을 품지 않았다.

소옥군과 진운상은 대정숙에 입교하기 전부터 기개세를 알고 있었고, 손진과 우연은 지난 한 달여 동안 함께 생활하면서 그에 대해서 많이 알게 되었다.

그들이 알고 있는 기개세는 사랑하지 않고는 견딜 수 없는, 좋아하지는 않고는 배길 수 없는 무한한 매력을 갖고 있는 사람이다.

타인인 그들이 그 정도인데 하물며 모친은 오죽 그를 예뻐하겠는가.

소옥군과 진운상, 손진, 우연, 서주동이 하여상에게 인사를 하기 위해서 기개세 좌우에 나란히 섰다.

하여상은 그들의 행동을 이상하게 여기다가 곧 그들이 기개세와 유석, 유정의 친구들일 것이라고 짐작했다.

그녀가 보니 그들은 하나같이 빼어난 기남숙녀(奇男淑女)들이어서 절로 감탄이 새어 나왔다.

"말학(末學)들이 모당(母堂:친구 어머니)을 뵈옵니다."

소옥군 등 다섯 사람은 하여상에게 공손히 포권하며 허리를 굽혔다.

그 예절이 반듯하고 기세가 출중하여 하여상은 눈이 부심을 느낄 정도였다.

"이 친구는 소림제자예요."

기개세가 하여상 앞에 서서 나란히 서 있는 친구들을 맨 끝의 진운상부터 소개했다.

"진운상입니다."

'영웅의 기상이로고……!'

진운상이 다시 예를 갖추자 하여상은 내심 감탄의 표정을 감추지 못했다.

그러면서 슬쩍 유석을 쳐다보았다. 진운상과 유석을 비교하려는 무의식적인 행동이다.

유석은 하여상과 눈이 마주치자 빙그레 미소를 지었다.

하여상은 유석이 한 달 전에 비해서 기개가 출중해진 것에 새삼 놀랐다. 큰아들은 대정숙에서의 한 달 동안 심신이 모두 성장한 것이다.

"이 친구는 내 마누라인데 항주 운예문의 소문주예요."

아니나 다를까, 기개세는 소옥군을 가리키며 싱글벙글 웃으며 소개했다.

'마누라?'

하여상은 난데없는 호칭에 의아한 표정을 지으며 소옥군

을 쳐다보다가 눈을 반개했다. 눈이 부심을 느꼈기 때문이다.

소옥군은 '마누라' 라는 소개가 난감했으나 하여상 면전이라 어쩌지 못하고 그저 공손히 인사를 할 수밖에 없었다.

"소옥군이에요."

"항주 운예문의 소옥군이라면……."

무림의 동향에 대해서 어느 정도 알고 있는 하여상은 '운예문' 과 '소옥군' 이라는 이름을 듣는 순간 퍼뜩 하나의 별호가 떠올랐다.

"설마 강남천궁 소옥군……?"

"하하! 그렇다니까요. 예쁘죠? 내 마누라……."

기개세가 의기양양하게 웃으면서 슬그머니 소옥군 곁으로 다가왔다.

소옥군은 그가 또 무슨 수상한 짓이라도 하지 않을까 잔뜩 경계하는 표정을 지었다.

그러나 다행히 기개세는 소옥군의 어깨에 팔을 두르는 정도로 그쳤다.

하지만 그것만으로도 다른 사람 눈에는 기개세와 소옥군이 특별한 관계인 것으로 보였다.

하여상은 믿어지지 않는다는 얼굴로 기개세와 소옥군을 번갈아 쳐다보았다.

그렇지만 기개세가 소옥군의 어깨에 팔을 걸치고 한껏

다정하게 서 있는 모습을 보니 믿지 않을 수도 없는 일이었다.

　반신반의하는 얼굴의 하여상이 유석과 유정을 쳐다보자 유석은 빙그레 미소 지으며 보일 듯 말 듯 고개를 끄덕였고, 유정은 웬일인지 샐쭉한 모습이었다.

　'맙소사……! 불과 한 달 사이에 천하제일미녀라는 강남천궁을 정인으로 삼다니…….'

　크게 놀라고 있던 하여상의 얼굴에 점차 흐뭇한 기쁨이 물결처럼 번졌다.

　'과연, 과연 내 아들이다.'

　손진과 우연, 서주동은 하여상에게 인사를 드리려고 하는데 도무지 기회가 오지 않았다.

　특히 손진과 우연은 마음속으로 사모하고 있는 기개세의 모친에게 어떻게든 잘 보이고 싶은 마음이 굴뚝같아서 더욱 초조했다.

　그때 소옥군의 표정이 살짝 굳어졌다. 기개세의 손이 어깨에서 아래로 슬그머니 흘러내리고 있었기 때문이다.

　필경 엉덩이를 더듬으려는 것이 분명했다. 그래서 소옥군은 이 상황을 어떻게 대처해야 할지 고민했다.

　기어코 기개세의 손이 소옥군의 엉덩이를 슬금슬금 쓰다듬기 시작했다.

　'이 사람은 참…….'

소옥군의 얼굴이 난감함으로 물들 때,

"누가 감히 내 딸을 추행하는 것이냐?"

우둑!

"으악!"

기개세와 소옥군의 뒤쪽에서 날카로운 여자의 호통성과 함께 뼈 부러지는 소리, 그리고 기개세의 처절한 비명 소리가 거의 동시에 터져 나왔다.

사람들이 일제히 쳐다보자 한 명의 여인이 한 손으로 기개세의 왼쪽 손목을 움켜잡은 채 서릿발이 펄펄 날리는 듯한 싸늘한 표정으로 우뚝 서 있었다.

여인은 삼십대 초반 정도의 나이에 최고급의 비단으로 만든 구름과 무지개가 수놓인 운금상(雲錦裳)을 입었으며, 마치 하늘에서 방금 선녀가 하강한 듯 고결하고 우아하며 아름다웠다.

순간 여인을 발견한 소옥군이 크게 놀라서 외쳤다.

"어머니!"

소옥군의 외침에 다들 크게 놀랐다. 여인은 다름 아닌 소옥군의 모친이며 항주성 운예문의 문주였던 것이다.

그녀는 대정숙에 입교한 딸을 첫 외박 날에 만나기 위해서 항주성에서 이곳 낙양성까지 칠천여 리 먼 길을 왔다.

그런데 무남독녀 외동딸을 만날 기대에 부풀어 있는 그녀가 처음 본 광경은, 낯선 사내놈이 딸의 엉덩이를 더듬는 모습이었으니 과연 그 심정이 어떠했겠는가.

"이놈! 손모가지를 부러뜨리겠다!"

소옥군의 모친, 즉 운예문주 운예선녀(雲霓仙女) 소효령(蘇效翎)은 얼음 가루가 풀풀 날리는 표정으로 기개세를 쏘아보며 으름장을 놓았다.

아니, 으름장이 아니라 그녀는 실제로 기개세의 왼 손목을 지그시 힘을 주어 꺾기 시작했다.

"으으……."

기개세는 그녀가 소옥군의 모친이라는 사실을 알고는 감히 반격하지 못하고 꼼짝없이 당하고만 있었다.

"그만 하세요, 어머니."

소옥군이 안타까운 표정으로 말했으나 소효령은 끄떡도 하지 않고 오히려 기개세의 팔을 더 비틀었다.

"자… 장모님, 놔주십시오……."

기개세는 고통을 참으며 공손하려고 애쓰면서 소효령을 쳐다보았다.

그런데 그것이 도리어 소효령의 분노에 기름을 끼얹는 꼴이 되고 말았다.

"장모라니, 누가 네놈의 장모란 말이냐?"

우두둑!

분기탱천한 소효령이 앙칼진 외침과 함께 더욱 힘주어 기개세의 손목을 꺾었다.

절강성의 일대 여걸인 소효령은 대쪽같은 성미와 공평무사한 의협심으로 무림에 널리 알려져 있었다.

거기에 한 가지 더, 북풍한설보다 더 차갑고 매서운 성격과 무공 실력 때문에 웬만한 사람들은 범접을 하지 못한다.

그런 그녀의 면전에서 기개세가 보란 듯이 딸의 엉덩이를 쓰다듬고 또 '장모'라고 불렀으니, 그는 오늘 제대로 제삿날을 받은 셈이다.

능소지의 친구들이나 하여상은 갑작스럽게 터진 일에 크게 놀랐으나 상대가 소옥군의 모친이라 어떻게 하지 못하고 발을 동동 굴렀다.

"그만 하십시오!"

손목뼈가 부러지기 직전 고통에 못 이긴 기개세가 소리치면서 오른손으로 소효령의 팔을 잡아갔다.

곤수유투(困獸猶鬪). 하찮은 짐승이라고 해도 위급한 지경에 처하면 적을 향해 덤빈다고 했다.

그러니 기개세가 손목이 부러지는 극심한 고통을 당하면서 자신도 모르게 손이 뻗어나간 것은 당연한 일이었다.

"……!"

그 순간 그는 흠칫 놀랐다. 자신의 오른손이 손목까지 빙옥처럼 투명하게 변하고 있는 것을 발견했기 때문이다. 급박한 상황에서 오른손이 옥수로 변하는 상황이 지금 벌어지고 있는 것이다.

왼 손목이 부러지기 직전인 상황과 오른손이 옥수로 변하고 있는 상황이 한꺼번에 벌어지고 있었다.

순간 기개세는 본능적으로 소옥군과 사람들 쪽을 등지면서 가리는 것과 동시에 오른손의 옥수로 소효령의 손목을 잡자마자 뿌리쳤다.

"아!"

소효령은 나직한 탄성을 터뜨리면서 뒤로 서너 걸음 물러나며 자신의 손을 들어 올려 바라보았다.

그 즉시 기개세는 두 팔을 땅을 향해 빠르게 내리고 오른팔을 약간 구부리면서 움츠려 손이 소매 속으로 들어가게 하여 옥수를 감추었다.

그리고는 힐끗 내려다보자 손은 소매 속에 감추어졌으나 소매가 은은하게 투명한 빛에 휩싸여 있었다. 누가 그것을 본다면 필경 이상하게 생각할 것이다.

그래서 그는 얼른 뒷짐을 지면서 소매 속에 감춘 오른손을 왼손으로 덮듯이 감쌌다.

자신이 힘껏 기개세의 손목을 잡고 있었으나 어찌 된 일인지 맥 한 번 쓰지 못하고 손이 뿌리쳐진 소효령은 손목이 얼음물에 담근 듯이 찌릿찌릿한 느낌을 받았으나 잠시 후 아무렇지도 않아졌다.

그런데 백옥처럼 뽀얀 손목에 방금 기개세가 잡은 손바닥 자국이 불그스름하게 찍혀 있었다.

그러나 눈을 두 번 깜빡이는 사이에 붉은 자국은 씻은 듯이
사라져서 방금 보았던 것이 착각처럼 느껴졌다.

"괜찮으십니까?"

그때 기개세가 조심스럽게 묻는 목소리가 들렸다.

소효령은 기개세를 쳐다보다가 아미를 상큼 치켜세웠다.
그가 떡하니 뒷짐을 지고 있었기 때문이다.

그런데 공손한 표정을 짓고 있어서 표정과 자세가 어울리
지 않았다.

"이놈! 네가 감히!"

발끈한 소효령은 미끄러지듯이 기개세에게 다가가며 오른
손을 치켜들었다. 공력까지 끌어올리고 있어서 일장을 발출
할 기세가 분명했다.

"멈추세요, 어머니!"

"그만두시오!"

그때 소옥군이 소효령의 앞을 가로막으면서 두 팔을 벌리
며 외쳤고, 하여상은 기개세를 등진 채 오른손으로 어깨의 검
을 잡아 출수할 자세를 갖추면서 외쳤다.

"군아! 물러서라!"

"이러지 마세요, 어머니."

소효령이 초승달처럼 고운 아미를 치뜨면서 꾸짖자 소옥
군은 간절한 표정을 지으며 비키지 않았다.

소옥군은 모친의 성미를 잘 알지만 기개세가 당하도록 내

버려 둘 수가 없었다.

그때 하여상이 오른손으로 어깨의 검파를 잡은 채 소효령을 주시하며 엄숙하게 말했다.

"그대는 무엇 때문에 내 아들을 해치려는 것이오?"

그것은 조금 전에 기개세의 품에 안겨서 어린아이처럼 흐느껴 울던 철없는 모습이 아니라 명문가의 완고한 대부인의 모습이었다.

"귀댁은 어느 가문인가요?"

소효령은 하여상을 쏘아보며 차갑게 물었다.

"낙성검가예요."

"흥! 낙성검가 따위가……."

소효령은 코웃음치면서 말하다가 말끝을 흐렸다. 남의 가문을 업신여기는 것은 명문가로서 할 짓이 아니라는 것을 말하는 도중에 깨달은 것이다.

그러나 이미 '낙성검가 따위' 라는 말은 그곳에 있던 모두가 똑똑히 들었다.

소효령은 성격만큼이나 끊고 맺음이 분명한 여인이다.

"방금 한 말은 실언이에요. 용서하세요."

그녀는 정중히 포권하며 고개를 숙였다.

누구나 실수는 할 수 있다. 중요한 것은 실수를 인정하고 용서를 구하느냐 아니냐는 것이다.

소효령은 전자의 경우이므로 하여상으로서도 구태여 따지

고 싶지 않았다.

하여상은 오히려 한 걸음 더 나아가 포용력을 베풀었다. 그녀는 부드럽게 미소를 지으며 소효령에게 권했다.

"보아하니 항주성에서 오신 듯한데, 폐가(弊家)가 이곳에서 멀지 않으니 함께 가는 것이 어떠시오?"

소효령은 눈이 매운 여인이다. 모욕을 당했음에도 상대의 용서 구함을 받아들이고 게다가 초대까지 하는 하여상을 보며 그녀가 공명정대하며 너그러운 사람이라는 것을 깨달았다. 그 덕에 마음이 조금 누그러졌다.

그러나 처음부터 잘못 끼워진 단추다. 하여상이 그런다고 해서 기개세가 딸을 희롱하고 소효령 자신을 능멸한 잘못이 덮어지는 것은 아니다.

소효령은 찬바람이 일도록 몸을 돌렸다.

"가자."

그러나 소옥군은 즉시 따라가지 않고 안타까운 얼굴로 모친을 불렀다.

"어머니."

기개세가 다시 원래 모습으로 돌아온 오른손을 앞으로 하여 포권을 하면서 공손히 청했다.

"장모님, 부디 저희 집으로 가시지요."

그가 또 장모라고 부르자 소옥군은 급히 눈짓을 주며 그러지 말라고 주의를 주었다.

하지만 소효령의 틀어진 마음은 더욱 강팍해졌다. 그녀는 기개세를 쏘아보며 서릿발 같은 얼굴로 못을 박았다.

"너와 군아가 어떤 사이인지는 모르나, 내 눈에 흙이 들어가는 한이 있어도 절대로 너에게 군아를 주지 않겠다!"

이어서 소옥군의 손목을 움켜잡고 대로를 향해 경공을 전개하여 달려갔다.

"유 소협!"

"군아!"

소옥군은 끌려가면서 기개세를 보며 안타깝게 외쳤고, 기개세는 그녀를 따라가려고 하며 외쳤다.

"아서라."

그러나 하여상이 기개세의 팔을 잡으며 제지했다.

"운예선녀라면 무공으로든 말로든 네 힘으로 어쩔 수 없을 것이란다."

기개세와 하여상, 그리고 능소지의 친구들은 대로에서 인파 속으로 사라져 가는 소옥군과 소효령 모녀를 착잡한 얼굴로 지켜보았다.

어느새 대정숙 전문 앞에는 많은 사람들이 모여서 구경하고 있었다.

즐거워야 할 첫 외박이 나오자마자 예기치 않은 일 때문에 찬물이 끼얹어졌다.

문득 기개세는 소옥군의 엉덩이를 쓰다듬던 자신의 왼손

을 들어 올려 물끄러미 굽어보았다.

아무 뜻 없이 여자의 젖가슴이나 엉덩이를 더듬는 자신의 손버릇이 지금처럼 원망스럽기는 처음이었다.

그는 생전 처음 깊은 자책에 빠져 집에 가자고 하는 하여상의 말도 듣지 못했다.

第三十八章

운예선녀(雲霓仙女)

대사부

"제 말을 들어보세요, 어머니."

소옥군은 벌써 여러 차례 같은 말을 반복했으나 소효령은 아무 반응도 없이 빠르게 걸음을 옮기기만 할 뿐이었다.

대정숙 전문 앞을 떠날 때에는 경공을 전개했으나 대로에 행인들이 많아서 소효령은 오래지 않아 경공을 그만두고 걷기 시작했다.

소옥군은 모친의 성격이 외곬이고 몹시 까다로우며, 낯선 사람 특히 자신이나 딸에게 집적거리는 사내에겐 저주에 가까운 적개심을 드러낸다는 사실을 어려서부터 많이 보았기 때문에 잘 알고 있다.

십팔 세에 혼인을 하고 겨우 한 달 만에 사랑하는 남편을 잃은 그녀는 너무 큰 충격을 받아 스스로 목숨을 끊으려고 했었다.

그런데 그녀의 뱃속에는 이미 남편의 씨앗이 잉태되어 있었다. 그 새로운 생명이 그녀의 목숨을 살렸다.

자신과 남편을 반반씩 빼닮은 예쁜 여자아이를 낳은 후 장장 십칠 년 동안 그녀는 사내에겐 눈길조차 주지 않은 채 수절을 하면서 지금의 성격이 형성되었다.

그녀는 이십이 세에 운예문의 젊은 문주가 되면서 딸의 성을 자신의 성씨로 바꾸어 '소옥군'으로 고쳤을 정도로 딸에 대한 집착이 강했다.

소옥군을 천하에서 가장 완벽한 여자로 길러 가장 완벽한 사내와 혼인을 시키는 것이 소효령의 목표다.

만약 소옥군이 남자로 태어났다면, 소효령은 운예문을 무림팔대세가와 같은 반열에 올려놓는 것을 목표로 삼았을 것이다.

하지만 애석하게도 자식은 딸로 태어났다. 그래서 완벽한 사위를 얻어 그의 힘으로 운예문을 번창시키려는 것을 목표로 정한 것이다.

그런데 낙성검가 같은 삼류문파의 자식놈 따위가 금쪽같은 딸의 엉덩이를 쓰다듬으며 마치 제 아내나 되는 듯이 행세를 하다니, 눈 뜨고는 봐줄 수 없는 행동이었다.

"어머니, 제발 제 말 좀……."

"한 번만 더 입을 연다면 당장 너를 항주성으로 끌고 가겠다."

다시 한 번 애원하던 소옥군은 모친의 너무도 강경한 말에 입을 다물고 말았다.

그녀가 아는 모친은 한 번 한다면 하늘이 두 쪽이 나도 반드시 하고야 마는 성격이다.

그러니 괜히 그녀의 심기를 건드려서 어렵게 입교한 대정숙을 중도에 그만둘 수는 없는 일이었다.

소옥군은 모친이 움켜잡고 있는 손목이 몹시 아팠으나 아무 말도 하지 못한 채 묵묵히 따르기만 했다.

소옥군 모녀는 낙양성 내의 어느 고급 주루로 들어갔다.

시장기도 느꼈지만 소효령은 딸과 진지하게 대화를 하고 싶었다.

"이리 오십시오. 손님께서 기다리고 계십니다."

그런데 주루에 들어서자마자 일면식도 없는 점소이가 다가오더니 공손히 두 여자를 안내하는 것이 아닌가.

"손님이라니? 누가 우리를 기다린단 말인가?"

심기가 편치 않은 소효령이 내뱉는 목소리에는 날이 새파랗게 서 있었다.

점소이는 찔끔했다가 더욱 공손히 대답했다.

"어느 나리께서 두 분을 모셔오라고 하셨습니다요."

"내가 누군지 알고?"

"부인께선 소씨 성이 아니십니까?"

"……."

소효령은 말문이 막혔다. 생전 처음 와보는 낙양성이거늘 대체 누가 자신들을 안다는 말인가.

하지만 그녀는 원래 겁이 없는 성격이다. 더구나 호기심까지 강한 성격이니 굳이 초대를 마다할 이유가 없다.

"가자."

점소이는 소옥군과 소효령을 어느 화려한 객실로 안내했다.

두 여자가 객실로 들어서자 한 명의 청년이 앉아 있다가 벌떡 일어나며 반겼다.

"어서 오십시오, 문주."

청년은 삼십대 초반의 나이에 흠 잡을 데 없이 완벽한 용모의 미남자였다.

두 여자는 사람을 인물로 평가하지 않는다. 자신들이 지닌 아름다움 때문에 수많은 남자들이 벌레처럼 꼬였었고, 그들로 인해서 잘생긴 사람들이 얼마나 꼴값을 떠는지 많이 경험했기 때문이다.

그런 두 여자인데도 실내의 청년을 보는 순간 얼굴에 잠깐 놀라는 기색이 떠올랐고, 그녀들의 시선이 청년의 얼굴에 잠시 동안 머물렀다.

그 정도로 청년은 실로 준수한 용모인 것이다.

그러나 그것도 잠시 소효령은 본래의 냉정함을 되찾고 청년을 쏘아보았다.

"당신은 누구고, 어떻게 우리를 아는 건가요?"

살결이 희고 고운 청년은 눈처럼 흰 백삼을 입고 있어서 마치 젊은 신선 같은 느낌을 자아냈다.

그는 자신의 준수한 용모에 어울리는 부드러운 미소를 지으며 정중하게 포권을 했다.

"소생은 제남성에 사는 조경오(趙瓊梧)라고 합니다. 문주께 긴히 상의드릴 일이 있어서 실례를 무릅쓰고 모셨습니다."

"우리는 서로 생면부지의 처지인데 무슨 상의할 일이 있다는 것이죠?"

소효령은 바늘로 찔러도 피 한 방울 나오지 않을 듯 옹골차게 물었다.

그렇지만 청년 조경오는 굴하지 않고 강철이라도 녹일 듯한 부드러운 미소를 지으며 탁자 앞의 의자를 가리켰다.

"우선 앉으시지요. 두 분께 낙양성 최고의 요리를 대접하면서 천천히 말씀드리겠습니다."

"우리가 돈이 없어서 먹을 것이나 얻어먹으려는 거지로 보이는 건가요?"

이 정도로 강하게 나오면 웬만한 사람이라면 당황할 법한

데도 조경오는 오히려 부드러운 미소에 더욱 공손한 태도로
나왔다.

"설마 그럴 리가 있겠습니까? 저는 평소에 절강성 최고의
여장부이신 운예선녀 소 여협을 무척 존경했었는데, 아까 대
정숙 앞에서 소 여협을 우연히 뵙게 되어 결례인 줄 알면서도
허락도 받지 않고 무조건 초대를 하였습니다."

소효령은 뜻밖이라는 표정을 지었다. 더구나 상대가 칭찬
을 하자 마음이 조금 누그러졌다.

조경오는 자신을 최대한 낮추고 당장에라도 무릎을 꿇으
려는 자세를 취하며 얼굴로는 그보다 더 죄송하고 겸허한 표
정을 지었다.

"존경하는 마음이 너무 앞서 소 여협의 심기를 불편하게
해드렸다면 어떠한 벌이라도 달게 받겠습니다."

그러는 바람에 소효령의 마음이 조금 더 풀어지고 경계심
이 거의 사라졌다.

소효령의 얼굴을 살피던 조경오는 갑자기 두 손으로 자신
의 목을 조르는 시늉을 하면서 얼굴에는 비장한 표정을 지으
며 비통하게 읊조렸다.

"정히 용서를 하지 않으신다면 소생은 이 자리에서 스스로
자결을 하겠습니다……!'

난데없는 '자결' 애기에 소효령과 소옥군은 깜짝 놀랐다.
조경오가 결례를 범한 것은 사실이지만 자결을 할 정도는 아

닌 것이다.

조경오는 진짜로 두 손에 힘을 주어 얼굴이 홍당무처럼 빨개지도록 만들었을 뿐 아니라 익살스럽게 혀까지 길게 빼물었다.

준수하기 짝이 없는 미남자가 한순간에 괴상망측한 몰골로 전락하는 순간이었다.

소효령은 조경오의 갑작스런 행동에 가볍게 놀랐으나 그의 모습이 너무 우스워 곧 자신도 모르게 웃음을 터뜨리고 말았다.

"아하하핫! 용서할 테니까 자결하지 마세요, 조 상공!"

"푸아아… 헉헉헉! 저… 정말 죽는 줄 알았습니다……."

조경오는 그제야 목에서 손을 떼고는 크게 숨을 몰아쉬며 헐떡거렸다.

그는 다시 원래의 준수한 용모로 돌아와서 소효령에게 두 손을 모으고 공손히 허리를 굽혔다.

"소 여협께선 소생의 생명의 은인이시니 지금 이 순간부터 소생은 소 여협의 종이 되어 평생토록 곁에서 모시겠습니다."

소효령은 남자를 병적으로 경계하는 여자지만 조경오에게만은 그러지 않았다. 아니, 그럴 수가 없었다.

그녀는 조경오처럼 잘생기고 예절을 잘 알며 잘 웃기는 남자를 처음 보았다.

만약 예전에 그런 남자를 만난 적이 있고, 또 그자에게 크게 상처를 받은 적이 있었다면 지금의 상황은 또 달라졌을 것이다.

그때 점소이 몇 명이 요리를 가지고 들어왔다. 하나같이 낙양성 최고의 요리들이라서 금세 실내에 그윽한 요리 향기가 가득 찼다.

"소 여협께서 평소에 드시던 미주가효(米酒佳肴)에는 발끝에도 못 미치겠지만 소생이, 아니, 소인이 성심껏 대접하는 것이므로 부디 한 젓가락만 드셔보십시오."

조경오는 마치 소효령의 입속의 혀처럼 굴었다. 더구나 그가 정말 종처럼 굴자 소효령은 완전히 경계심을 풀어버리고 웃으며 의자에 앉았다.

"호호호홋! 조 상공의 고설요순(鼓舌搖脣)에는 정말 당할 재간이 없군요!"

조경오는 맛있는 요리들을 소효령이 먹기 편하도록 앞에 가깝게 늘어놓고, 수저를 챙겨 잡기 쉽게 놓아준 후에 한 잔 술을 넘치게 따라 두 손으로 공손히 바쳤다.

그 행동이 마치 종이 여왕을 대하듯 하여 소효령은 내심 흡족해서 입가에 미소가 피어올랐다.

사람이란 누군가 자신에게 정성을 다하면 기분이 좋아지게 마련이다.

그러나 소옥군은 기개세를 비롯한 능소지 친구들 생각에

웃음은커녕 미소조차 지을 수 없었다.

별난 모친이 한바탕 휘저어놓은 것이 마음에 걸리기는 하지만 그것 때문에 창피함을 느끼지는 않는다.

다만 기개세와 친구들, 그리고 하여상이 자신을 어떻게 생각할지가 염려스러웠다.

"자, 이것도 좀 드셔보시지요."

조경오는 소효령 옆에 나란히 앉아서 젓가락으로 요리를 집어 그녀 앞에 친절하게 내려놓으며 더 이상 부드러울 수 없는 표정과 목소리로 말했다.

이 상태로 조금 지나면 아예 그녀의 입에 요리를 넣어줄 것만 같았다.

조경오는 끊임없이 우스갯소리를 하여 소효령으로 하여금 계속 간드러지게 웃게 만들었다.

오죽하면 그녀는 소옥군이 아직 자신의 뒤에 서 있다는 사실조차 모를 정도였다.

어쩌면 기개세 때문에 마음이 크게 상했던 것에 대해서 무엇이라도 위로를 받고 싶다는 보상 심리가 어느 정도 작용했을지도 모른다.

"군아, 뭘 하고 있느냐? 어서 앉아라."

그로부터 한참이 지나서야 소효령은 소옥군의 존재를 뒤늦게 깨닫고 약간 책망조로 말했다.

소효령 옆에는 조경오가 앉아 있었기 때문에 소옥군은 두 사람의 맞은편에 앉을 수밖에 없었다.

소옥군은 자리에 앉아서도 요리를 먹기는커녕 젓가락조차 들지 않고 기개세와 능소지 친구들에 대해서만 골똘히 생각에 잠겼다.

반 시진쯤 시간이 흘렀을 때 소효령과 조경오는 거나하게 취한 상태가 되었다.

소효령은 기분이 좋아지기 위해서 필사적으로 노력하는 듯했다. 기분이 나빴던 사람의 본능적인 행동이다.

그녀는 술을 마시면서도 공력으로 취기를 몰아내지 않았을뿐더러, 조경오가 권하는 대로 마다하지 않고 끊임없이 잔을 비웠다.

반 시진 동안 두 사람은 소홍주(燒紅注)를 열 근이나 마시고도 쉬지 않고 계속 마시고 있는 중이었다. 아예 주루의 술을 모두 바닥낼 기세다.

"······!"

그때 문득 소옥군의 커다란 두 눈이 더욱 커지면서 얼굴에 놀라움이 떠올랐다.

그녀는 탁자에서 약간 뒤로 물러나 앉아 있었기 때문에 탁자 아래쪽이 훤히 보였다.

그런데 지금 탁자 아래를 통해서 조경오의 손이 모친의 허벅지를 더듬고 있는 광경을 목격한 것이다.

소옥군은 급히 모친을 바라보았다. 그러나 모친은 얼굴이 발그레 달아올라 오히려 조경오의 어깨에 고개를 기대고 있는 것이 아닌가.

소옥군은 큰 충격을 받았다. 그녀는 모친에 대해서 모르는 것이 없다고 자부하고 있었는데, 모친의 지금 저런 모습은 생전 처음 보는 것이었다.

그때 조경오가 슬그머니 팔을 소효령의 어깨에 두르더니 그녀를 자신의 품으로 끌어당겼다.

조경오는 호리호리하고 키가 큰 편이면서도 어깨가 딱 벌어지고 가슴이 매우 넓어서 가녀린 체구의 소효령이 안기자 마치 어른이 어린아이를 안은 듯한 광경이었다.

소옥군의 시선이 다시 탁자 아래로 향하다가 벼락을 맞은 듯 몸이 부르르 떨렸다.

조경오의 손이 모친의 긴치마를 걷어 올리고 있는 것을 발견한 것이다.

소옥군이 보고 있는 동안에 모친의 치마가 허벅지까지 걷어 올려지고 눈부시도록 뽀얗고 늘씬한 다리가 온통 드러났으며 속곳이 아슬아슬하게 보일 듯 말 듯했다.

그리고 조경오의 손이 능숙하게 모친의 무릎과 허벅지를 슬슬 어루만지기 시작했다.

소옥군은 깜짝 놀라서 즉시 모친을 일깨우려고 일어서려다가 뚝 멈추었다.

조경오의 품에 안긴 모친의 표정을 발견했기 때문이다. 모

친은 지그시 눈을 감고 있었으며, 입술 끝이 약간 올라가 흐
뭇한 미소를 지었고, 긴 속눈썹이 가늘게 떨리고 있었다.

또한 얼굴이 발그레 달아오른 것이 딱히 취기 때문만은 아
닌 듯했다.

그뿐이 아니라 그녀는 손을 뻗어 조경오의 가슴에 대고 있
었으며, 소옥군을 소스라치도록 놀라게 만든 일은 바로 그때
일어났다.

소효령이 스스로 다리를 약간 벌리고 있는 것이다. 그것은
마치 조경오의 손을 더 깊은 안쪽으로 유도하려는 것처럼 보
였다.

'말도 안 돼……'

소옥군은 지금 자신의 눈으로 보고 있는 광경이 현실이라
고 믿어지지 않았다.

평소의 모친은 남자라면 근처에 오지도 못하게 하고, 음란
한 것이라면 그림이든 책자든 문파 내에 얼씬도 못하게 했으
며, 소옥군에게 여자의 몸가짐이나 행실에 대해서 귀에 딱지
가 앉을 정도로 누누이 가르쳤었다.

그런 모친이 지금 보여주고 있는 행동은 대체 무엇이란 말
인가.

그때 문득 조경오와 소옥군의 시선이 마주쳤다.

조경오는 빙그레 미소를 지어 보였다.

그러나 소옥군은 조경오에게서 독사의 악독하고 잔인한

눈빛과 날름거리는 혓바닥을 발견했다.

조경오의 시선이 소옥군의 얼굴에서 가슴, 그리고 그 아래를 빠르게 훑었다.

소옥군은 탁자에서 약간 멀찍이 물러나 앉았기 때문에 조경오의 시선을 거부할 수가 없었다.

소옥군은 부르르 진저리를 쳤다. 조경오가 눈빛이 그녀의 옷을 모조리 벗기고 알몸으로 만드는 듯한 착각을 일으켰기 때문이다.

소옥군은 부지중에 몸을 잔뜩 옹송그리면서 두 팔로 가슴을 방어하듯이 가렸다.

조경오의 눈빛과 입가에 떠오른 미소는 마치 '네 어미 다음에는 네 차례야' 라고 말하는 것 같았다.

그러는 사이에 조경오의 손이 소효령의 치마 깊숙한 곳으로 한 마리 뱀처럼 영활하게 스며들었다.

그의 손이 치마 속에서 무엇을 어떻게 하는지는 모르지만, 갑자기 소효령이 이상한 신음을 흘리며 조경오의 품속으로 더욱 파고들었다.

"아아……."

아직 남자 경험이 없는 소옥군은 모른다. 혼인을 하고 겨우 한 달 동안만 남편과 불타는 사랑을 나누었을 뿐, 그 이후 십 팔 년 동안 독수공방 홀로 지낸 과부의 애끓는 심정을, 아니, 몸뚱이를.

소효령은 오랜 세월 동안 자신의 몸을 철옹성처럼 꼭꼭 닫아걸고 있었으나 속으로는 다시 한 번 뜨거운 사랑을 주고받을 남자를 애타게 기다리고 있었다.

세상의 남자를 믿지 못하고 경계하면서, 또한 목마르게 기다리는 모순의 십팔 년이었던 것이다.

견고하게 세워진 성일수록 한 번 무너지면 걷잡을 수 없다. 지금 소효령이 그런 상태였다.

"아아아……."

소효령의 반쯤 벌어진 입술 사이로 더 길고 끈적거리는 신음이 다시 흘러나왔다.

그때 소효령의 어깨를 안은 조경오의 다른 손이 그녀의 어깨에 위에서 미끄러져 내려 그녀의 앞섶 사이로 파고드는 것을 소옥군은 발견했다.

조경오는 한 손으로는 소효령의 치마 속을, 다른 손으로는 젖가슴을 마치 제 것인 양 농락하기 시작했다.

술에 취하고, 십팔 년 만에 느끼는 사내의 손길에 취한 소효령은 지금 제정신이 아니었다.

자신이 딸 앞에서 어떤 모습을 보여주고 있는지조차 모를 정도로 지금 그녀가 느끼고 있는 희열은 굉장한 것이었다.

그러나 소옥군은 더 이상 보고 있을 수가 없었다.

조경오가 어떤 인물인지는 모르지만 한 가지는 분명해졌다. 음탕한 사내이며, 소효령과 소옥군에게 음심을 품고 접근했다는 사실이다.

마침내 소옥군이 벌떡 자리에서 일어났다.

그러나 그녀가 뭐라고 하기도 전에 갑자기 소효령이 처절한 비명을 터뜨렸다.

"아악!"

소옥군도 조경오도 움찔 놀라 몸이 굳어졌다.

"으악!"

그 순간 소효령이 다시 한 번 비명을 지르면서 입에서 시뻘건 핏덩이를 토해냈다.

조경오는 움찔 놀라서 소효령에게서 손을 떼며 소옥군을 쳐다보았다.

"나는 아무 짓도 하지 않았어……."

"어머니!"

소옥군은 조경오를 밀쳐 내고 급히 소효령을 안았다.

소효령은 눈을 반쯤 뜬 채 소옥군을 바라보며 헐떡거렸다.

"아아… 군아……. 내가… 죽을 것 같아……."

"어머니! 정신 차리세요!"

소효령의 얼굴은 핏기 하나 없이 창백했고 입에서는 계속 피가 흘러나왔다.

소옥군은 크게 당황했다. 모친이 갑자기 무엇 때문에 이러는지 알 수가 없었다.

소옥군은 침착하려고 애썼다. 이 상황에서 자신마저 허둥

대면 안 된다는 생각이 들었다.

제일 먼저 생각할 수 있는 것은 중독이다. 소효령이 먹은 술과 요리에 독이 들어 있었을 가능성이 가장 컸다.

"당신! 술에 독을 탔군요!"

소옥군이 조경오를 쏘아보며 소리쳤다.

그러자 조경오는 착잡한 표정으로 손을 저었다.

"그런 일은 절대 없소. 술은 나도 같이 마시지 않았소?"

이어서 그는 소효령 앞에 놓여 있는 술잔을 집어들어 단숨에 마셨다.

"보시오. 나는 아무렇지도 않소. 그러니 소 여협은 다른 증세인 것이 분명하오."

소옥군이 보기에도 술이나 요리에 독이 들어 있는 것 같지는 않았다.

"군아… 나를… 아아……."

소효령은 팔을 허우적거리다가 그대로 정신을 잃었다.

"어머니!"

소옥군은 크게 놀라 급히 맥을 짚어보았다. 불규칙하고 흐릿하지만 맥이 뛰고 있었다.

"이럴 게 아니라 어서 소 여협을 의원에게 모시고 갑시다."

조경오가 잔뜩 걱정스러운 표정으로 말하자 소옥군은 퍼뜩 정신을 차렸다.

"낙양성에 아는 곳이 있소? 없다면 소 여협을 소생의 장원으로 모시고 가 의원을 부릅시다."

그 순간 소옥군의 뇌리로 퍼뜩 스치는 한 사람이 있었다.

바로 기개세다.

모친을 안은 소옥군이 조경오를 뿌리치고 주루를 나간 후 그는 혼자 객실에 앉아서 술을 마셨다.

척!

그때 방문이 열리고 한 인물이 들어섰다. 그는 피처럼 붉은 혈포를 입었으며, 치렁치렁 길게 기른 머리카락도 핏빛이고, 왼손에는 역시 핏빛의 붉은 혈도를 쥐고 있었다.

혈룡십마제 중의 적마제, 바로 그였다.

적마제는 조경오의 맞은편에 앉으면서 높낮이없는 목소리로 중얼거렸다.

"옥제, 운예문의 소효령과 소옥군을 이용해서 낙성검가의 두 아들놈을 죽이려는 계획은 결국 실패했군."

조경오, 아니, 옥마제는 빈 잔에 술을 따르면서 얼굴을 일그러뜨렸다.

"다 된 밥에 코 빠졌어. 제길. 그녀가 왜 갑자기 피를 토하며 혼절한 것인지 이유를 모르겠군."

혈룡십마제 중의 한 명인 옥마제의 원래 이름은 조경오다. 그리고 그의 실제 나이는 사십오 세이고, 그의 얼굴이 젊어 보이는 이유는 주안술(朱顔術) 덕분이었다.

“그 계집, 정말 삼삼하던데……..”

마도에서도 알아주는 색마(色魔)인 옥마제는 얼굴에 아쉬운 표정을 떠올리며 중얼거렸다.

“딸년이 어미를 어디로 데려간 것인가?”

“나도 모르네.”

머릿속에 소효령의 탐스러운 젖가슴과 속곳 속의 은밀한 감촉만이 가득 남아 있는 옥마제는 시큰둥하게 대꾸했다.

*　　　*　　　*

기개세는 소옥군을 제외한 능소지의 친구들 네 명을 모두 낙성검가로 데리고 왔다.

하여상은 네 사람에게 각자의 방을 안내해 주었으며 모든 배려를 아끼지 않았다.

이후 모두들 조금 늦은 아침 식사에 참석했다.

넓은 방에는 커다란 탁자에 푸짐한 요리와 술이 차려져 있었으며 기개세와 하여상, 유석, 유정 남매, 그리고 손진과 진운상, 우연, 서주동이 둘러앉았다.

기개세 좌우에는 하여상과 우연이 앉았다. 하여상이 아들 곁에 앉는 것은 당연하다.

그런데 이곳이 낙성검가인데도 불구하고 우연이 버젓이 기개세 옆에 앉았다.

　원래대로라면 유정이 앉아야 하는데, 우연은 과감하게도 그녀가 앉기도·전에 기개세 옆에 냉큼 앉아버린 것이다.

　하여상은 한 달 만에 너무도 잘난 삼 남매를 다시 만나니 천하가 온통 자신의 것인 양 부러울 것이 없었다.

　그런 마음은 유석과 유정도 다를 바 없었다. 한 달 만에 집에 돌아와 보니까 많은 것이 변해 있었다.

　대정숙에 입교하기 전만 해도 막 이사를 한 직후라서 낙성검가는 어수선한 분위기였다.

　그런데 지금은 제대로 틀이 잡혔으며, 문하제자도 백여 명에 이를 정도로 번창가도를 달리고 있었다.

　모친의 말에 의하면 아직 사범을 두지 못해서 더 많은 문하제자들을 받아들이지 못하기 때문에 백여 명에 불과하다는 것이다.

　그런데 현재 하여상이 자질이 뛰어난 세 명의 청년을 선택하여 집중적으로 낙성검가의 무공을 가르치고 있어서, 머지않아 그들이 사범이 되면 더 많은 문하제자를 받아들일 것이라고 하니 낙성검가의 번창은 이제 시작일 뿐이라는 생각이 들었다.

　하여상의 말에 의하면, 낙성검가의 삼 남매가 대정숙에 당당하게 입교했을 뿐만 아니라 그중에서 기개세가 만점자라는 소문이 파다하게 퍼지면서 문하제자들이 구름처럼 모여들었다고 한다.

이 모든 것이 기개세 덕분이다.

낙성검가가 광화현 시골구석에서 천하의 중심이라는 중원 한복판 낙양성으로 이사를 온 것도, 유석과 유정이 꿈에만 그리던 대정숙에 입교한 것도, 그리고 낙성검가가 바야흐로 불길처럼 부흥하고 있는 것도 모두 기개세 한 사람의 은혜인 것이다.

하여상은 기개세와 유석, 유정이 어제 있었던 승급시험에서 무사히 입격했다는 소식을 듣고는 기쁨을 감추지 못하고 얼굴에서 환한 웃음을 지우지 못했다.

그녀는 삼 남매와 친구들끼리 자유롭게 놀도록 자신이 자리를 피해줘야 한다는 사실을 알면서도 기개세 곁에서 떠나고 싶지 않아 그대로 앉아 있었다.

진운상과 손진, 우연, 서주동은 처음에는 하여상 때문에 많이 어려워했으나 시간이 지날수록 분위기가 화기애애하게 변했다. 하여상이 같이 어울리려고 무던히 애를 쓰고 있었기 때문이다.

늦은 오전이지만 기개세 일행은 약간의 술도 마셨다. 다들 기분이 너무 좋아서 저절로 손이 술잔으로 향했다.

원래 술이 약한 우연은 첫 외박과 기개세 옆에 앉았다는 들뜬 마음이 더하여 기개세와 같은 속도로 술을 마시다가 일찌감치 뻗어버렸다.

지금 그녀는 기개세의 무릎을 베고 새근새근 잠들었다. 그런 모습이 마치 막내 누이동생을 보는 것 같아서 기개세는 이따금 흐뭇한 얼굴로 그녀를 굽어보았다.

우연은 기개세보다 한 살밖에 어리지 않지만 행동하는 것은 대여섯 살 어린 듯했고, 체구도 가녀리고 작아서 영락없이 막내 누이동생 같았다.

"그런데 우리 능소지의 발족을 신청했어?"

그때 손진이 문득 생각난 듯 묻자 진운상이 고개를 끄덕이며 대답했다.

"아까 천궁 소저가 정법장로께 신청하러 가는 것을 봤어."

이른 아침에 진운상이 임당아화로 갈 때 소옥군은 정법장로를 만나러 정법관으로 갔었다.

아까 대정숙 전문 앞에서 외박을 나오자마자 소옥군의 모친이 한바탕 난리를 부리고 떠난 이후 기개세를 비롯한 일행은 소옥군에 대해서는 일부러 한마디도 하지 않았다.

그런데 진운상이 무심코 소옥군을 들먹이자 좌중은 어색한 침묵에 잠겨들었다.

누구보다도 소옥군에 대해서 걱정하고 있을 사람이 기개세라는 것을 알고 있는 친구들은 자신도 모르게 그를 주시하며 연민의 표정을 지었다.

기개세는 어색한 분위기를 바꾸려는 듯 빙그레 미소 지으며 말문을 열었다.

"모두에게 제의할 말이 있다."

그는 자신의 맞은편에 앉은 유석을 쳐다보며 말을 이었다.

"우리 능소지의 초대 발장으로 형을 추천하고 싶다."

"영아……!"

난데없는 말에 유석은 깜짝 놀랐다.

"찬성하네."

그가 무슨 말을 하기도 전에 진운상이 손을 들며 말했다.

"무조건 찬성이야."

"나도 찬성하오."

손진과 서주동이 질세라 입을 모아 대답했다.

아직 의견을 말하지 않은 사람은 유정과 우연이지만 우연은 술에 취했으니 논외로 치고, 유정은 놀란 얼굴로 말끄러미 유석을 바라볼 뿐 입을 열지 않았다.

유정은 모두 자신을 주시하자 당황해서 목소리를 높였다.

"나야 물론 찬성이지. 큰오빠가 능소지의 발장이라니 너무 놀라서 잠시 정신이 없었을 뿐이야."

"나는……."

"나까지 다섯 명이 찬성했으니 나중에 군아와 연아가 찬성하면 만장일치로군."

유석이 뭔가 말하려는 것을 기개세가 잘랐다.

"이것 참……."

유석은 어색하게 얼굴을 붉히며 턱을 쓰다듬었다.

기개세의 한쪽 팔을 가슴에 꼭 안고 있던 하여상은 의아한 표정으로 물었다.

"영아, 큰아이가 발장이라니, 그게 무슨 말이니?"

기개세는 빙그레 미소 지었다.

"정아가 설명해 드릴 거예요."

그러자 유정이 기개세가 발족한 대정숙 내의 파벌 능소지에 대해서 자세히 설명해 주었다.

설명을 듣고 난 하여상은 크게 기뻐하면서도 어른다운 염려를 잊지 않았다.

"대정숙에는 기존의 오청반이라는 다섯 파벌이 있다는데 괜찮겠니?"

기개세는 빙그레 미소 지었다.

"우리 능소지의 친구들은 하나같이 뛰어난 준재들이라서 머지않아 능소지를 오청반과 같은 반열에 올려놓을 거예요. 염려 마세요, 엄마."

그 말에 하여상은 다소 안도하는 표정이 되었고, 능소지 친구들은 조금쯤 으쓱한 기분이 되었다.

그때 하녀가 들어와 하여상에게 공손히 아뢰었다.

"대부인, 소옥군이라는 소저께서 이 공자님을 찾으십니다."

"군아가?"

기개세는 반가운 마음에 벌떡 일어나 쏜살같이 밖으로 달려나갔다.
  꿍!
  "악!"
  그 바람에 그의 무릎을 베고 잠들었던 우연이 바닥으로 굴
러 떨어져 비명을 질렀다.

第三十九章

장모님

대사부

　낙양성에서 제일 고명한 의원이 유당환을 치료하기 위해서 때마침 낙성검가에 와 있었기에 즉시 소효령을 진맥할 수 있었다.

　의원은 과연 명의다웠다. 소효령을 잠시 진맥하더니 원인을 즉각 간파해 냈다.

　"부인의 체내에 극빙지기(極氷之氣)가 침투하여 심장을 비롯한 오장육부를 빠르게 얼려 버리고 있소."

　소효령이 누워 있는 침상 주위에 빙 둘러서서 걱정스럽게 지켜보던 기개세와 소옥군 등은 크게 놀랐다.

　"극빙지기가 무엇이오?"

기개세의 물음에 의원은 소효령의 손목에서 손을 떼면서 설명했다.

"음기(陰氣)가 극에 달하면 극음지기가 되고, 극음지기의 정화(精華)가 모여서 극빙지기를 이루는 것이오. 말하자면 극빙지기는 얼음보다 백 배 이상 차가운 기운이오."

소옥군을 비롯한 모두의 얼굴이 놀라움으로 물들었다.

그러나 한 사람, 기개세만은 놀라지 않았다. 의원의 말을 듣는 순간 퍼뜩 뇌리를 스치는 것이 있었기 때문이다.

아까 대정숙 앞에서 소효령이 그의 팔을 부러뜨리려고 했을 때 고통 때문에 기개세의 오른손이 옥수로 변했었고, 그 손으로 그녀의 손을 뿌리쳤었다.

그때 그녀의 손목에 불그스름한 손바닥 자국이 난 것을 기개세는 똑똑히 보았었다.

소옥군의 말을 들어봐야 하겠지만, 기개세는 자신 때문에 소효령이 이 지경이 된 것이라고 거의 단정했다.

예전에 옥수에 적중된 자들은 그 자리에서 얼음이 되어 부서졌었다.

그러므로 옥수에 닿은 소효령의 오장육부가 얼고 있는 것이 전혀 이상한 일은 아니었다.

한 가지 다행한 일이라면 그녀는 정통으로 옥수에 적중되지 않았다는 사실이다.

"치료할 수 있겠소?"

소효령의 체내에 극빙지기가 침투했다는 말에 사색이 된 소옥군을 대신해서 기개세가 의원에게 물었다.

모두들 기대 어린 표정으로 주시하고 있는 것과는 달리 의원은 난감한 표정으로 고개를 가로저었다.

"일백 년 정도의 공력을 지닌 고수가 부인의 체내에서 극빙지기를 흡수하는 방법이 있소만……."

의원은 하여상을 비롯한 능소지 친구들을 둘러보면서 말하다가 말끝을 흐렸다.

그들 중에 일백 년 공력을 지닌 사람이 없다고 판단했기 때문이다.

말이 백 년 공력이지, 그 정도면 절정고수 수준이다. 낙양성에서 그런 인물을 찾는 것은 백사장에 떨어진 바늘 하나를 찾는 것만큼이나 어려운 일이었다.

무덤 속 같은 침묵이 흘렀다. 백 년 공력을 지닌 고수를 찾는 일이 불가능하다는 것을 모두 잘 알기 때문이었다.

그때 진운상이 뭔가 생각난 듯 갑자기 외치듯 말했다.

"대정숙의 대정총장이나 대정오로라면 백 년 공력을 지녔을 거야! 부인을 어서 대정숙으로 모시고 가자!"

그 말에 모두 반색을 했다.

그러나 의원의 말이 모두를 다시 절망으로 빠뜨렸다.

"현재 부인의 상태는 매우 위중하여 이각을 버티기 어렵소. 더구나 몸을 움직이면 얼어버린 오장육부가 아예 기능이 멈춰 버릴 수가 있소.”

이각이면 대정숙에 도착하기도 빠듯한 시간이다. 그런데 다가 움직이면 오장육부의 기능이 멈춰 버린다니… 일행은 절망에 빠져 버렸다.

기개세는 결단을 내려야 한다는 사실을 깨달았다.

잠시라도 지체하여 만약 소효령이 죽기라도 한다면, 그는 평생 죄책감에 시달리게 될 것이고 소옥군을 쳐다볼 수도 없을 것이다. 그녀를 아내로 얻는 것은 더더욱 이룰 수 없을 터이다.

결자해지(結者解之). 매듭을 묶은 사람이 풀어야 한다. 기개세가 소효령의 체내에 극빙지기를 주입했으니 푸는 것도 그가 해야만 한다.

그러나 그는 소효령을 살릴 수 있는 방법, 즉 그녀의 체내에서 극빙지기를 흡수할 방법을 모른다.

그렇다고 이각 후에는 싸늘한 시체로 변할 소효령을 이대로 빤히 바라보고만 있을 수는 없는 일이었다. 무엇이든 시도해야만 한다.

그가 소옥군을 쳐다보니 그녀는 침상 가에 서서 모친을 굽어보며 하염없이 눈물만 흘리고 있을 뿐이다.

결국 그는 결단을 내렸다.

‘어떻게든 하자!’

그는 마지막 결심을 하고 남몰래 심호흡을 했다.

무창성의 망나니 기개세는 낙성검가와 대정숙을 통해서 커다란 변화를 겪었으며, 이렇게 또 한차례의 탈바꿈을 꾀하고 있었다.

이것은 미완의 소년이 어엿한 대장부가 되어가는 과정이었다.

"모두 나가."

기개세의 조용한 목소리가 침묵을 깨뜨렸다. 모두들 의아한 얼굴로 그를 쳐다보았다.

기개세는 소옥군을 쳐다보았다.

"군아, 나를 믿을 수 있겠어?"

그렇게 묻는 그의 표정과 눈빛은 소옥군이 평소에 봐왔던 장난기 어리고 태평스럽던 모습이 절대 아니었다.

더없이 진지한 표정에 강렬한 눈빛이다. 소옥군은 그것이 기개세의 진면목이라는 생각이 들어서 일순 대답을 하지 못하고 그의 얼굴에 시선을 고정했다.

그리고는 잠시 후에야 그의 물음의 진의를 생각해 내고 크게 고개를 끄덕였다.

"믿어요."

"기필코 장모님을 살릴게."

그가 모친을 '장모'라고 불렀으나 소옥군은 아무렇지도 않았다. 아니, 오히려 그 호칭이 당연하다는 생각마저 들었다.

소옥군은 눈물이 가득한 아름다운 얼굴로 기개세를 말끄러미 응시했다.

그녀의 뜨거운 눈빛이 수만 마디 의미를 담고 기개세에게 전해졌다.

기개세가 묵묵히 고개를 끄덕이자 그녀는 모친을 한 번 돌아보고는 방을 나갔다.

실내에는 침상에 누운 소효령과 그녀 옆에 책상다리를 하고 앉아 있는 기개세 둘뿐이다.

무얼 어떻게 해야 할지 막막하지만 그렇다고 막연히 앉아 있을 수만은 없다.

생각을 하고, 뭐라도 해야 한다.

제일 먼저 소효령의 손목을 살펴보니 손과 팔이 얼음처럼 차디차다.

그리고 손목에는 기개세가 보았던 불그스름한 손바닥 자국이 보이지 않았다.

'오장육부……'

의원 말로는 오장육부에 극빙지기가 스며들어서 곧 얼어버릴 것이라고 했다.

오장육부는 사람 몸의 장기의 모든 것이다. 그것이 얼어버리면 죽을 수밖에 없다.

기개세는 두 손을 내밀어 소효령의 상의를 벗기기 시작했다.

사삭… 사륵…….

상의가 벗겨지고 곧이어 젖가리개도 풀어졌다.

오장육부를 담고 있는 부위, 즉 가슴과 배를 직접 두 눈으로 보기 위해서다.

오래지 않아서 소효령은 상체가 벌거벗은 몸이 되었다. 티 한 점 없이 희고 눈부신 살결에서는 은은한 광채가 흘러나오는 듯했다.

무창성 설화쌍봉과 가란의 싱싱한 젖가슴에 비해서 조금도 손색이 없는 탱탱하게 탄력있는 젖가슴을 소효령은 지니고 있었다.

그러나 평소 여자의 젖가슴을 탐하던 기개세지만 지금은 소효령의 젖가슴 같은 것은 눈에 들어오지 않았다.

그의 시선은 빠르고도 예리하게 소효령의 가슴과 배 부위를 살폈다. 무언가 이상한 점을 찾아내려는 것이다.

하지만 별달리 이상하게 여겨지는 것을 찾아내지 못했다.

배에 손바닥을 대보니 팔보다 더 차디찼다. 오장육부가 얼었다는 의원의 말은 정확했다.

'일백 년 공력으로 극빙지기를 흡수한다고?'

슥―

의원이 말해준 치료 방법을 속으로 중얼거리다가 오른손을 들어 올렸다.

소옥군에게 자신을 믿느냐고 물을 때부터 생각하고 있던

방법을 시도해 보려고 한다.

옥수를 통해서 소효령에게 극빙지기를 주입했으니, 옥수를 통해서 뽑아내려는 것이다.

단순하면서도 가장 타당성있는 방법이다.

이를테면 가장 단순한 것이 가장 논리적이라는 의미다. 이열치열(以熱治熱)이란 말이 있고, 이독제독(以毒制毒)이라는 말도 있으니, 이한치한(以寒治寒)도 충분히 가능한 방법이 아니겠는가.

기개세는 오른손을 활짝 펼쳐서 소효령의 희디흰 복부에 밀착시켰다. 허리가 하도 가늘고 배가 작아서 손바닥으로 온통 덮고도 남았다.

'살릴 수 있다!'

그는 지금까지 수십 번이나 생각하고 있던 것을 주문을 외우듯 속으로 크게 외쳤다.

손바닥으로 소효령의 배와 가슴을 슬슬 문지르면서 머릿속으로는 손을 옥수로 만들기 위한 생각을 떠올렸다.

시간이 있을 때마다 틈틈이 옥수로 만드는 연습을 했기 때문에 열 호흡이 지나기도 전에 그의 오른손은 투명해지기 시작했다.

완전히 투명해져서 눈부신 광채를 뿜어내고 있는 손으로 소효령의 배를 이리저리 어루만지기 시작했다.

"……!"

그러나 기개세는 한순간 움찔 놀라면서 뚝 손길을 멈추었다.

소효령의 몸에서 극빙지기가 흡수되는 느낌이 아니라 반대로 자신의 손에서 그녀의 체내로 무언가 주입되는 느낌이 들었기 때문이다.

'이런……'

소효령의 몸을 굽어보던 그의 얼굴이 사색으로 물들었다.

방금까지 쓰다듬고 있던 그녀의 복부 부위가 다른 곳과는 달리 투명하면서도 매끄럽게 빛나고 있었다.

기개세는 예전에 그런 광경을 본 적이 있었다. 그의 옥수에 적중된 자들이 얼음 조각으로 부서지기 직전에 온몸이 지금 소효령의 복부처럼 얼음같이 변했었다.

길게 생각할 것도 없다. 소효령의 체내에 있는 극빙지기를 흡수한 것이 아니라 오히려 옥수의 더 강렬한 극빙지기를 주입해 버린 것이다.

이한치한이라는 것은 말로만 가능한 것이다. 냉엄한 현실은 논리하고는 너무 동떨어져 있었다.

소효령을 살리려고 한 일이 더 빨리 죽게 만들고 말았다.

'어떻게 하지?'

그러나 너무 큰 충격에 정신이 아득해지면서 머릿속이 텅 비어 아무것도 생각나지 않았다.

그저 이 상황을 너무 단순하게 여긴 자신이 한없이 원망스러울 뿐이었다.

옥수로 극빙지기를 주입했으니까 옥수로 흡수해 내면 될 것이라고만 생각했었다.

하지만 세상의 일이란 그리 간단한 것이 아니다. 지금까지 살아오면서 자신과 주변의 일들을 다분히 즉흥적으로 처리하고 결정했던 그였다.

그런 습관이 낙성검가와 대정숙을 거치면서 많이 변했다고는 하지만 그런 그의 근본은 사라지지 않았다.

그런데 그것이 지금 제동이 걸렸다. 아니, 최악의 상황을 초래하고 있는 것이다.

세상은, 세상을 살아간다는 것은 결코 만만한 일이 아니라는 사실을 기개세는 지금 뼈저리게 절감하고 있었다.

기개세가 뻔히 두 눈을 뜨고 지켜보고 있는 동안에도 소효령의 복부에는 빙질화(氷質化)가 빠르게 위아래로 확산되고 있었다.

츠으으……

메마른 모래 속으로 물이 스며드는 듯한 소리가 그녀의 몸에서 흘러나왔다. 몸이 빙질화, 즉 얼음으로 화하는 소리다.

'안 돼!'

기개세는 허둥거렸다. 무엇이든 방법을 생각해 내야 하는데 머릿속은 텅 비었고 마음만 다급했다.

소옥군에게 모친을 살려주겠다고, 자신을 믿어달라고 호

언장담했는데 오히려 더 빨리 죽이게 되었다.

"믿어요."

소옥군의 진심 어린 그 말이 커다란 범종이 울리듯 귓가에 맴돌았고, 그리고 그녀의 애절한 눈빛이 눈앞에 가득했다.

철썩!

'정신 차려라, 기개세!'

순간 그는 왼손으로 자신의 뺨을 힘껏 후려갈겼다.

바로 그때 한 가지 생각이 번쩍 떠올랐다.

'그렇다! 천궁신결로 해보자!'

속으로 부르짖는 순간 어느새 그는 천궁신결의 구결을 외우며 운공조식에 들어갔다.

아무리 빨리 운공조식을 해도 진기를 운용할 수 있을 때까지는 최소한 반 각이 소요된다.

그러나 이것이 마지막 방법이다. 그때까지 소효령의 목숨이 붙어 있기만 간절히 바랄 뿐이다.

츠으으…….

소효령의 몸이 빙질화되고 있는 소리를 들으면서 그는 질끈 눈을 감고 운공조식에 돌입했다.

이윽고 반 각이 조금 안 된 시간에 그는 번쩍 눈을 뜨는 것과 동시에 오른손을 소효령의 복부로 뻗었다. 오른손은 그때까지도 옥수를 유지하고 있었다.

어쩌면 그사이에 소효령이 죽어버렸을 수도 있다. 하지만 그것을 확인할 겨를이 없었다.

그는 천궁신결로 운공을 하여 생성시킨 진기를 모조리 오른손에 모으고 손바닥을 통해서 무엇인가를 흡수한다는 생각을 간절하게 했다.

원래 무공에는 흡자결(吸字訣)이라는 수법이 있어서 물건을 끌어당기거나 어떤 기운을 흡수할 수 있지만 기개세는 그런 것이 있는지, 그리고 그것이 상승무공이라는 사실도 모르면서 시도하고 있었다.

손바닥에 느껴지는 촉감은 단단하고 매끄러웠다. 말하자면 얼음과 같은 느낌이다. 소효령의 피부는 이미 얼음으로 변한 상태였다.

예전에 기개세가 옥수로 마도고수들을 죽일 때에는 극빙지기가 강기(罡氣)가 되어 뿜어져 나갔었다. 즉, 극빙강(極氷罡)인 것이다.

소랑은 기개세의 옥罡수에 죽은 자가 얼음 조각으로 화한 것을 보고 '극빙장' 이라고 했었지만 사실은 그보다 더 강한 '극빙강' 이었다.

그렇지만 소효령은 극빙강에 당한 것이 아니라 그저 스치듯이 닿아서 극음지기가 스며든 것이다.

그랬기에 즉시 얼음으로 화하지 않고 꽤 오랜 시간 동안 버틸 수 있었던 것이다.

'흡수다, 흡수!'

기개세는 속으로 외치면서 오른손으로는 소효령의 배를 지그시 압박하듯 쓰다듬으며 공력을 운용하여 빨아들이려고 애썼다.

그때 무엇인가 손바닥으로 빨려드는 듯한, 아니, 바싹 마른 건조한 손에 축축한 물기가 묻는 듯한 느낌이 들었다.

기개세는 그것이 극음지기가 빨려드는 것이라고 확신했다.

힐끗 소효령의 몸을 내려다보던 그의 눈에 설핏 기쁜 기색이 떠올랐다.

지금 손바닥으로 쓰다듬고 있는 부위가 반짝이는 얼음에서 원래의 피부색으로 돌아오고 있는 것이 보였다.

그녀의 몸 전체가 얼음인 데 비해서 회복된 부위는 손바닥 절반 정도에 불과하다.

기개세가 흡자결을 제대로 발휘하지 못해서 전력을 쏟는 노력에 비해 극소량의 극음지기만 흡수되었기 때문이다.

하지만 회복되고 있다는 사실에 크게 고무된 기개세는 쉬지 않고 계속 손바닥을 움직였다.

그는 거의 무아지경에 빠졌으며, 머릿속에는 오직 소효령을 살리겠다는 일념뿐이었다.

치료를 하면서 조금씩 깨닫는 것이 있었다. 일단 치료를 한 부위는 다시 얼음으로 화하지 않았다.

그러나 미처 손을 쓰지 못하고 있는 사이에 빙질화는 가슴과 어깨, 팔, 온몸으로 퍼져 가고 있는 중이었다.

그런 사실을 깨닫자 기개세는 우선 중요한 장기가 모여 있는 복부와 가슴 부위부터 회복시켜야겠다고 생각했다.

일각이 지났을 때 소효령의 복부가 거의 회복되었다.

그의 옥수가 위로 향했고 두 개의 젖가슴과 어깨를 차례로 회복시켜 나갔다.

"하악! 하아… 헉헉헉……."

복부와 가슴이 끝났을 즈음 그는 허파가 터지고 심장이 멎어버릴 것처럼 극도로 지친 상태가 되었다.

그는 지금처럼 온 정신과 전력을 다해서 무엇인가에 집중해 본 적이 없었다.

소효령의 몸을 보니 복부와 젖가슴, 어깨까지는 불그레한 엷은 홍조를 띠고 있었으나 두 팔은 얼음처럼 반짝였다.

그녀의 한쪽 팔을 회복시키려고 오른손을 뻗던 기개세의 동작이 뚝 멈추었다.

그의 시선이 멈춘 곳, 치마의 윗자락에 덮여 있는 아랫배 부위가 반짝 빛을 발하는 것을 발견한 것이다.

아랫배는 복부의 연장이고 그 속에는 내장이 들어 있다. 팔보다 중요한 것은 두말할 나위가 없다.

사실은 어깨를 치료하기 전에 아랫배부터 했어야 하는데 미처 거기까진 생각하지 못했었다.

슥—

그는 급히 치마를 끌어내리려고 했으나 끈에 단단히 묶여 있어서 여의치 않았다.

다급한 마음에 와락 허리끈을 잡아당겨 끊어버리고 치마를 아래로 벗겨 버렸다.

'바보 같은 놈! 중요한 아랫배를 놔두고 엉뚱한 곳을 치료하다니…….'

그는 속으로 자신에게 욕을 퍼부으며 오른손으로 소효령의 아랫배를 열심히 문질렀다.

"하악! 학학학……."

온몸에 단 한 움큼의 기력도 남아 있는 것 같지 않았다. 그는 허파와 심장을 입 밖으로 토할 것처럼 헐떡거렸다.

다행히 소효령의 아랫배도 점차 불그스레하게 홍조를 띠기 시작했다.

피부가 홍조를 띤다는 것은 아직 살아 있다는 증거다. 설혹 그게 아니더라도 최소한 소생할 가능성이 남아 있다는 증거가 아니겠는가.

기개세는 숨이 멈춰 버릴 것 같은 고통을 느꼈으나 치료를 멈추지 않았다.

아랫배에 이어서 두 팔을 쓰다듬고, 그다음에는 허벅지와 다리를 치료했다.

'으으… 다… 했다…….'

온몸에서 마치 소나기가 쏟아지듯이 땀이 흘렀고, 안색이 창백해졌으며, 팔이 후들후들 떨렸다.

소효령이 소생했는지 확인하고 싶었지만 손가락 하나 까딱할 힘조차 남아 있지 않았다.

일단 눈을 지그시 감고 잠시 휴식을 취하기로 했다.

그로부터 잠시가 지났을 때 몸이 가볍게 흔들리는 것을 느꼈다.

마침내 소효령이 깨어나 움직이기 시작한 것이라고 느꼈으나 그대로 있었다.

'후후……. 내가 장모님의 목숨을 구했으니 고마워서 어쩔 줄을 모르실 거다. 이제 나를 사위로 인정하는 것은 따놓은 당상이다. 케헤헤……!'

그런 상상을 하자 웃음이 터져 나오려는 것을 겨우 참았다.

이럴 때일수록 아주 겸손하게 행동해야 한다고 생각한 것이다.

'이놈은?

자신이 저승에 한 발을 들여놨다가 극적으로 소생했다는 사실을 모르는 소효령은 혼절에서 깨어나 눈을 뜨고 나서 제일 먼저 기개세를 발견하고는 어리둥절해졌다.

그러다 다음 순간 자신이 알몸으로 변해 있는 것을 발견하고 혼비백산했다.

그녀는 부스스 상체를 일으켜 자신의 몸을 바라보았다.

실오라기 한 올 걸치지 않은 알몸이다. 게다가 온몸이 붉고 희며 울긋불긋했다.

그것은 길게 생각해 보지 않아도 누군가 자신의 몸을 마음껏 주무른 것이 분명했다.

그리고 그 누군가가 바로 그녀 옆에 앉아서 눈을 감은 채 헤벌쭉 음흉한 미소를 짓고 있는 기개세라는 사실도 직감적으로 깨달았다.

그때 문득 소효령은 기개세의 상체가 약간 앞으로 기울어져 있고 그의 오른손이 자신의 어느 부위를 짚고 있는 것을 발견하고 눈길이 그 팔을 따라서 내려갔다.

“……!”

다음 순간 소효령의 원래 커다란 두 눈이 세 배 이상 커다랗게 부릅떠졌다.

기개세가 소효령이 고맙다고 말을 하면 어떤 대답을 할 것인가를 곰곰이 궁리하고 있을 때였다.

뿌악!

“끅!”

그의 일생 중에서 가장 고통스러운 충격이 가슴 한복판에서 느껴졌다.

그리고는 몸이 뒤로 붕 날아갔다. 그것은 소옥군에게 집적거리다가 날아갈 때의 느낌과 아주 비슷했다.

쿵!

　실내 반대편까지 이 장이나 날아간 기개세는 벽에 부딪쳤다가 바닥에 내동댕이쳐졌다.

　"끄으으……."

　그는 가슴이 쪼개지는 듯하고 숨을 쉴 수 없는 극심한 고통에 몸부림치면서 일그러진 얼굴로 소효령을 쳐다보았다.

　누운 자세에서 기개세의 가슴팍을 발뒤꿈치로 힘껏 내지른 소효령은 침상 위에 우뚝 일어서서 두 손을 허리에 얹은 채 잡아먹을 듯이 무서운 얼굴로 기개세를 쏘아보았다.

　"네 이놈, 감히……!"

　그녀는 너무도 분노한 나머지 몸을 부들부들 떨 뿐 말을 잇지 못했다.

　금쪽같은 딸의 엉덩이를 어루만지고 함부로 장모라고 부른 놈이, 이제는 자신을 홀딱 벗겨놓고 농락을 했으니 이성을 잃을 만도 하다.

　그런데 도대체 저놈이 어디까지 자신을 농락했는지 알 수가 없다.

　온몸을 주무르기만 한 것일까. 아니면 설마 겁탈까지 저질렀단 말인가.

　그런 생각을 하는 것만으로도 치가 떨리고 온몸에 소름이 쫙 끼쳤다.

　"끄으으… 장모님……."

　기개세는 간신히 일어나서 비틀거리며 소효령에게 다가

갔다.

　그의 입에서는 피가 꾸역꾸역 흘러 턱과 상의를 새빨갛게 물들였다.

　그러나 소효령은 그 정도로는 하늘을 찌를 듯한 분노가 조금도 풀리지 않았다.

　그녀는 자신이 벌거벗었다는 사실마저 잊고 침상에서 내려와 비틀거리면서 걸어오고 있는 기개세를 향해 마주 다가가며 오른손에 전력으로 공력을 주입시켰다. 아예 일장에 쳐죽일 생각이었다.

　"장모님… 오해를 하신 것입니다……."

　"죽어랏!"

　소효령이 넉 자 앞까지 다가와 말을 하고 있는 기개세를 향해 오른손을 있는 힘껏 뻗었다.

　휘이잉!

　그러자 활짝 펼쳐진 장심에서 붉은 기운이 어리는 한줄기 경기(勁氣)가 일직선으로 발출되었다.

　운예문의 성명장법인 홍예장(紅霓掌)이며, 소효령은 홍예장을 칠성까지 연마했다.

　만약 홍예장을 십성까지 터득한다면 이 장 밖에 있는 단단한 화강암에 세 치 깊이의 장인(掌印)을 찍을 수 있을 정도의 위력이다.

　칠성 수준이라고 해도 일 장 거리의 화강암에 육안으로 식별할 수 있을 정도의 장인을 새길 수 있다.

하지만 지금 그녀는 중독에서 막 회복된 상태이기 때문에 평소의 오 할 정도 수준밖에 발휘할 수가 없었다.

퍼억!

"허윽!"

어떻게 해볼 새도 없이 기개세는 가슴 한복판에 홍예장을 고스란히 적중당했다.

그는 가슴이 완전히 부서지는 듯한 충격을 받고 허공으로 훌훌 날아가 반대편 서가에 무지막지하게 부딪쳤다.

우지끈! 쿵!

그 순간 그는 정신을 잃은 채 방바닥에 묵직하게 떨어졌다.

소효령은 박살 난 서가 아래에 깔려서 쓰러져 있는 기개세를 사납게 쏘아보며 싸늘하게 중얼거렸다.

"이 파렴치한 놈, 홍예장에 적중됐으니 즉사를 면치 못했을 것이다."

그녀는 그제야 기분이 조금 풀어지는 듯했다.

바로 그 순간 그녀의 머리 위 천장이 소리없이 갈라졌다.

그리고는 그곳에서 한 무더기의 붉고 작은 구름 같은 것이 흐르듯이 나와 곧장 쏟아져 내렸다.

그것은 입고 있는 옷도, 머리카락도, 눈동자까지 피처럼 붉은 소랑이다.

그녀는 기개세가 대정숙에서 첫 외출을 나온 사실을 알고 낙성검가에 잠입하려고 했는데 그게 쉽지가 않았다.

이곳에 낙성검가 문하제자들만 있다면 소랑은 제집 안방처럼 드나들 수 있다.

하지만 지금은 알 수 없는 자들이 백여 명 이상이나 낙성검가 안팎을 물샐틈없이 경계하고 있어서 아무리 소랑이라고 해도 잠입하는 데 애를 먹었다.

만약 요선비절의 투공잠행이 아니었으면 아직도 밖에서 발만 동동 구르고 있었을 것이다.

원래 소랑은 낙양성에 오기 전까지는 투공잠행을 오성까지 익혔었는데, 대정숙에 잠입하기 위해서 객방 하나를 잡아놓고 밤낮으로 그것만 죽어라고 연마하여 지금은 칠성 수준에 이르게 되었다.

아직 대정숙을 마음대로 드나드는 것은 벅차지만, 낙성검가 정도는 애오라지 잠입할 수 있게 되었다.

사실 소랑은 기개세 모르게 그의 몸에 천일향각(千日香刻)을 묻혀놓았다.

그것은 한 번 묻혀놓으면 무슨 일이 있어도 천 일 동안 향기가 지워지지 않는다.

그리고 오직 시술자인 소랑만이 그 향을 감지할 수가 있다. 그러므로 기개세가 백 리 안에만 있으면 어디든 소랑이 찾아낼 수 있는 것이다.

소랑은 오른손으로 어깨의 핏빛 검의 검파를 움켜잡았다.

그녀는 자신의 검에 곧 죽을 여자가 누군지 잘 모른다. 대정숙 전문 앞에서 기개세의 팔을 부러뜨리려고 할 때 잠깐 봤을 뿐이다.

그때도 소효령을 죽이고 싶었는데 갑자기 소옥군을 끌고 떠나는 바람에 사정이 여의치 않았었다. 그런데 그녀가 끝내 기개세를 해치고 만 것이다.

기개세가 무엇 때문에 소효령에게 당한 것인지, 그녀가 어째서 알몸으로 서 있는 것인지는 중요하지 않다.

소랑에게 중요한 것은 기개세가 소효령에게 당했으며, 그래서 그녀를 죽여야 한다는 한 가지 사실뿐이었다.

왈칵!

소랑의 검이 검실에서 반 뼘쯤 빠져나오고, 그녀가 소효령 머리 위 석 자까지 이르렀을 때 갑자기 방문이 거칠게 열리며 한 사람이 급히 들어섰다.

"어머니!"

들어선 사람은 바로 소옥군이다. 밖에서 초조하게 기다리고 있던 그녀는 실내에서 요란한 소리가 나는 것을 듣고 달려들어 온 것이다.

그런데 알몸으로 침상 앞에 우뚝 서 있는 소효령과 부서진 채 무너진 서가를 보고 놀라서 외쳤다.

그때는 이미 소랑의 모습은 보이지 않았다. 방금 나왔던 천장으로 다시 스며든 것이다.

"도대체 무슨 일이에요? 다른 사람들이 오기 전에 어서 옷을 입으세요."

소옥군은 급히 말하고 나서 쓰러진 서가를 살피다가 그 아래에 깔려 있는 기개세를 발견하고 자지러질 듯이 놀라서 비명을 질렀다.

"유 소협!"

그녀는 미친 듯이 달려들어 두 손으로 서가와 책들을 마구 집어 던졌다.

방바닥에 엎어져서 한쪽 뺨을 묻은 채 눈을 꼭 감고 있는 기개세의 모습은 너무도 처참했다.

입과 코에서 흐른 피가 바닥을 시뻘겋게 물들였으며, 안색이 밀랍처럼 창백했고, 옷은 여기저기 찢어져 있었다.

그 모습을 보는 순간 소옥군은 심장이 덜컥 멎어버리는 충격과 가슴이 갈가리 찢어지는 듯한 아픔을 동시에 느꼈다.

단언하건대 그녀는 이날까지 이 정도의 엄청난 충격과 마음의 아픔을 겪어본 적이 없었다. 아니, 그런 것이 존재한다는 사실마저도 몰랐었다.

"유 소협!"

소옥군은 이성을 잃은 듯한 모습으로 기개세에게 달려들어 부둥켜안았다.

바들바들 떨리는 두 손으로 그의 뺨을 붙잡고 들여다보았으나 기개세는 보기 좋은 빙그레 웃는 그 미소 대신 창백한 얼굴로 아무런 말이 없다.

"아아… 유 소협……."

인간이 어떻게 이렇게도 많은 눈물을 흘릴 수 있을까 싶을 정도로 소옥군은 철철 눈물을 흘렸다. 아니, 쏟아냈다.

그때 퍼뜩 생각이 나서 그녀는 급히 기개세의 가슴에 귀를 대고 생사를 확인해 보았다.

순간 그녀의 안색이 창백하게 질렸다.

'시… 심장이 뛰지 않아…….'

눈앞이 캄캄해지고 아무것도 생각나지 않았다. 머릿속에서인지 아니면 머리 위에선지 쿵! 쿵! 하는 굉렬한 울림만 터지고 있었다.

기개세가 죽었다는 사실이 믿어지지 않았다.

지금이라도 부스스 일어나 '마누라' 하고 부르면서 엉덩이를 쓰다듬을 것만 같다.

"호호홋! 그놈, 본 문의 홍예장을 정통으로 맞았으니 즉사했을 것이다."

옷을 다 입은 소효령이 득의하게 웃으며 말했다.

소옥군은 기개세를 부둥켜안은 채 원망스러운 얼굴로 소효령을 바라보며 울먹였다.

"어머니가 지금 무슨 짓을 한 줄 아세요?"

"안다. 파렴치한 어린놈을 쳐죽였다."

소옥군의 목소리가 흐득흐득 흐느낌으로 변했다.

"흐흑… 기억나지 않아요? 주루에서 어머니는 조경오라는 사내와 얘기하다가 갑자기 피를 토하고 쓰러졌어요."

"조경오……."

순간 소효령은 표정이 홱 변했다. 그리고 한순간 어떤 기억이 생생하게 떠올랐다.

그 당시에 그녀는 술을 많이 마셔서 취했었지만 정신은 또렷했었다.

취기를 빌어서, 그리고 불쾌했던 기분을 씻어버리려고 평소에는 하지 않던 객기 비슷한 것을 부려봤었다.

조경오. 그자의 얼굴이, 그리고 그자가 그녀에게 무슨 짓을 했었는지 방금 전의 일처럼 또렷하게 떠올랐다.

'내가 미쳤었어…….'

조경오가 은밀한 곳을 더듬었을 때 그 앞에 딸이 보고 있다는 사실도 알고 있었다.

그런데도 그자의 유혹에 발정 난 암캐처럼 다리를 벌리고 신음을 흘렸었다.

"으흐흑……! 저는 쓰러진 어머니를 안고 이곳 낙성검가로 달려왔어요. 낙양성에서 제가 아는 곳이 이곳뿐이기 때문이고… 유 소협이라면 모든 일을 제쳐 두고 저를 도와줄 것이라고 믿었기 때문이에요……!"

소옥군은 울부짖었다.

모친이 미웠다.

　낯선 사내에게 몸을 내맡겼던 그녀가 죽어가는 자신을 살린 기개세를, 소옥군의 마음을 난생처음 흔들어놓은 사람을 죽인 모친이 원수처럼 미웠다.

　"어머니가 벌거벗은 것은… 아마도 해독을 하기 위해서였을 거예요. 그래서 어머니는 살아나셨어요……."

　"내가 도대체 무슨 짓을……."

　소효령은 비틀거리다가 바닥에 털썩 주저앉았다.

　"유 소협이 어머니를 살리지 않았더라면… 그는 죽지 않았겠지요. 그는 어머니를 살린 보답을 죽음으로 받았군요… 으흐흑! 왜 그러셨어요……!"

　소효령은 그제야 모든 것을 확연하게 깨달았다. 자신이 알몸으로 있었던 이유를, 그리고 깨어났을 때 기개세가 왜 그토록 몹시 지친 모습이었는지를.

　그때 그가 지어 보였던 미소는, 저승에서 이승으로 잘 돌아왔다고 소효령을 반기는 영접의 미소였던 것을…….

　"아아… 나는……."

　소효령은 탄식을 하면서 몸이 방바닥 속으로 가라앉고 있는 느낌을 받았다.

　소옥군은 기개세를 부둥켜안고 외쳤다.

　"가지 말아요! 당신은 아직 죽으면 안 돼요! 나는 아직 당신에게 하지 못한 말이 많이 있어요! 절대로 당신을 보낼 수 없어요!"

그녀는 작은 주먹으로 기개세의 가슴을 두드리며 통곡이라고 해도 좋을 정도로 오열했다.

"으흐흑! 당신이 짓궂게 굴어도… 심한 장난을 해도… 다시는 때리지 않을 테니까 제발 죽지 말고 돌아와요!"

소효령은 그런 소옥군을 보면서 눈물만 주룩주룩 흘릴 뿐 넋이 나간 얼굴이었다.

소옥군은 마치 기개세의 혼이 실내의 허공에 떠돌고 있는 것이 자신의 눈에 보이기라도 한 듯 허공을 향해 손을 뻗으며 울었다.

"흑흑흑! 당신은 이렇게 죽을 사람이 아니에요……! 어서 돌아와요! 어서!"

사실 기개세는 소효령의 홍예장을 가슴 한복판에 정통으로 적중당하고 숨이 끊어졌었다. 즉, 심장이 멈추어서 죽었다는 뜻이다.

그런데 소옥군이 흐느끼면서 그의 몸을 세차게 흔들고 또 가슴을 두드리는 바람에 멈추었던 심장이 기적적으로 다시 뛰기 시작했다.

그래서 그가 정신을 차린 것은, 소옥군이 '짓궂게 굴어도… 심한 장난을 해도 다시는 때리지 않는다' 라고 말할 때였다.

저승에서 이승으로 돌아온 환영의 말치고는 최고였다.

"으흐흑……! 유 소협! 이대로 가면 안 돼……."

기개세 가슴에 엎드려 서럽게 흐느끼던 소옥군이 갑자기 말과 동작을 뚝 멈추었다.

무엇인가 넓적한 부채 같은 것이 자신의 엉덩이를 슬슬 쓰다듬고 있는 것을 느꼈기 때문이다.

그리고 그 느낌, 그 감촉은 익숙한 것이었다.

'이… 사람!'

그녀는 급히 고개를 들고 기개세를 굽어보았다. 그러나 그는 여전히 창백한 얼굴에 눈을 꾹 감고 있었다.

그런데 엉덩이를 쓰다듬던 그 무엇은 점점 아래로 내려가더니 계곡 속으로 슬그머니 파고들었다.

소옥군은 다시 다급히 기개세의 가슴에 뺨을, 아니, 귀를 갖다 댔다.

쿵쾅쿵쾅쿵쾅!

천둥소리가 들렸다. 그것은 인간의 심장박동이 아니라 코끼리의 심장박동이었다.

그리고 인간으로서 그처럼 요란하게 심장이 뛴다는 것은, 뭔가에 몹시 흥분하고 있다는 뜻이다.

그때 소옥군의 엉덩이를 어루만지던 것이 둔부의 계곡을 따라서 아주 깊게 스며들고 있었다.

소옥군의 가슴이 기쁨과 분노로 뒤범벅되어 터질 듯했다.

"이 색마!"

휘익!

"으앗!"

다음 순간 기개세의 몸뚱이가 번쩍 허공을 날았고, 다급한 비명 소리가 터졌다.

"앗!"

"어멋?"

기개세가 반대편 벽을 향해 곧장 날아갈 때 두 마디 비명 소리가 터졌다.

하나는 소효령 것이고, 또 하나는 기개세를 집어 던져 놓고서 아차 하는 마음에 놀란 소옥군의 것이다.

척!

다음 순간 소효령이 번개같이 번쩍 신형을 날려 기개세가 벽에 부딪치기 직전에 매가 병아리를 낚아채듯 붙잡아서 품에 안고 바닥에 내려섰다.

그녀는 자신보다 체구가 한 배 반이나 더 큰 기개세를 안은 채 그를 굽어보며 닭똥 같은 눈물을 뚝뚝 흘렸다.

"내가 잘못했어요, 용서해요."

기개세를 벌레보다 못하게 대했던 소효령이지만 지금은 하늘처럼 여기고 있었다.

"장모님……."

기개세는 놀라서 눈을 동그랗게 뜨며 자신도 모르게 엉겁결에 '장모' 라고 불렀다.

그러나 소효령은 화를 내기는커녕 계속 눈물만 흘리면서

진심으로 용서를 구했다.

"어쩌면 내가 그리도 우매했는지… 하마터면 은인을 죽일 뻔했어요. 죽지 않아서 정말 다행이에요. 정말로……."

기개세는 가녀린 체구의 소효령에게 안겨 있는 것이 가슴이 쪼개지는 고통보다 더 견디기 민망했다.

"내… 내려주십시오, 장모님."

그러나 소효령은 기개세를 내려주는 대신에 상체를 굽혀 그를 꼭 안았다.

"고마워요. 나를 살려주고 또 그대가 죽지 않아서……."

매정하고 강단이 있는 여자는, 원래 속으로는 깊은 정이 흐르고 피가 뜨거운 법이다.

소옥군은 옆에 서서 그 모습을 눈물을 흘리며 흐뭇하게 지켜보았다.

第四十章

꿩은 산으로, 오리는 강으로

“이제는 낙성검가를 짓뭉개 버리는 방법뿐이로군.”

적마제는 아까부터 빈 찻잔을 들었다 놓았다 하면서 깊은 생각에 잠겨 있다가 이윽고 묵직하게 입을 열었다.

옥마제는 아무 말도 하지 않았다. 그가 생각해도 그 방법밖에는 없는 것 같았다.

아니, 그는 잡념 때문에 생각에 집중하기가 어려웠다.

사실 아침나절에 주루에서 소효령 모녀를 만나 약간의 사건이 있은 이후 그녀, 소효령에 대한 생각이 옥마제의 머리에서 떠나지 않고 있었다.

옥마제는 천하가 알아주는 호색한이다. 그러므로 미녀를

보면 정복하고 싶은 욕심을 주체하지 못한다.

그리고 정복한 여자는 한동안 갖고 놀다가 미련없이 내버리고 다시는 쳐다보지 않는다. 그것이 그의 법칙이다.

여태껏 그가 점찍었던 여자 중에서 정복하지 못한 여자는 한 명도 없었다. 그 정도로 그는 집요하고 또 그 일에 심혈을 기울인다.

옥마제는 소효령을 보는 순간 미녀를 보면 언제나 그랬듯이 쓰러뜨리고 말겠다고 작정했다.

소효령 모녀를 이용해서 낙성검가의 두 아들을 어떻게 해보려던 계획은 그녀를 보는 순간 희미해져 버렸다.

자신이 그런 마음을 품지 않았으면 계획이 성공했을지도 모른다는 생각을 잠시 했으나, 자신의 행동에 대해서 후회하지는 않았다.

원래 계획은 소효령을 이용하여 낙성검가의 두 아들을 죽이거나 납치하는 차도살인지계(借刀殺人之計) 같은 것이었다.

그녀를 유혹하여 적당히 구워삶은 후에 넌지시 계획을 추진할 생각이었으나, 아침나절의 옥마제는 유혹의 선을 넘어서 정복하고 싶은 마음을 주체하지 못했었다.

소효령이 만약 갑자기 피를 토하고 혼절하지 않았으면 성공할 수 있었을 것이다.

그런데 지금 생각해도 그것이 그다지 애석하다는 생각은

들지 않았다.

또한 그는 평소와는 다른 느낌을 받고 있었다. 소효령을 정복하겠다는 욕심보다는 그녀가 보고 싶다는, 그녀와 함께 있고 싶다는 생각이 더 컸다.

그래서 그것 때문에 그는 혼란을 느끼고 있는 것이다.

'뭐야? 내가, 천하의 옥마제가 설마 그 계집을 연모하기라도 한다는 것인가?'

불현듯 그런 생각이 들어 그는 흠칫 놀랐다. 여자에겐 단한 번도 정을 준 적도, 연심을 품어본 적도 없는 그였다. 있다면 정복뿐이었다.

"옥마제, 왜 아무 말이 없나? 낙성검가를 치는 것이 마음에 들지 않는 겐가?"

그때 적마제가 고개를 약간 숙인 채 미간을 잔뜩 찌푸리고 있는 옥마제를 보며 말했다.

적마제는 그가 천검신문의 신물인 절대신검을 지니고 있는 낙성검가의 두 아들 중 한 명을 어떻게 처리할 것인가에 대해서 골몰하고 있다고 생각했다.

옥마제는 굳은 얼굴로 고개를 가로저었다.

"아냐. 내 생각에도 그 방법밖에는 없는 것 같아."

적마제는 묵직하게 고개를 끄덕였다.

"좋네. 만약 납치가 가능하면 납치로, 아니면 낙성검가를 쥐새끼 한 마리 남겨두지 말고 피로 씻어야 하네."

두 사람은 기개세 삼 남매가 대정숙에 입교한 이후 낙성검 가에 두어 차례 가서 염탐을 한 적이 있었다.

그들이 확인한 낙성검가는 문하제자 몇십 명을 둔 이제 막 삼류에서 벗어나려고 하는 형편없는 문파였다.

그러므로 낙성검가를 짓밟는 것은 손바닥을 뒤집는 것보 다 쉬운 일이라고 낙관하고 있었다.

다만 그들이 염려하고 있는 한 가지는, 현재 낙성검가에 대 정생도가 여덟 명이나 있다는 사실이었다.

낙성검가의 두 아들을 납치하거나 죽이려고 들면 대정생 도들이 방관만 하고 있지는 않을 것이다.

적마제가 한 쥐새끼 한 마리 남기지 말고 피로 씻자는 말 은, 대정생도들이 방해가 된다면 모조리 죽이자는 뜻이었다.

그런 일이 벌어지면 대정숙이 대정생도들의 죽음을 결코 방관하지는 않을 것이다.

모르긴 해도 대정숙은 자체적으로 낙성검가의 멸문을 파 헤칠 것이 분명하다.

"음! 그렇더라도 어쩔 수가 없네, 목적을 위해서라면."

옥마제는 무거운 신음을 흘렸다.

두 사람의 임무는 천검신문의 후계자일지 모르는, 아니, 거 의 확실시되는 인물을 제거하는 것이다.

수하의 보고에 의하면, 천검신문의 후계자는 절대신검을 지니고 있을 뿐 무공은 거의 삼류 수준이라고 했었다.

그것은 천검신문의 후계자가 아직 정식으로 태문주가 된 것은 아니라는 사실을 입증하는 것이다.

후계자가 태문주가 되면, 그리고 천신문의 수호신인 천검사호신이 출현하면 일이 어려워진다.

그러므로 천검신문의 후계자를 제거하는 것은 바로 지금이 최적기이다.

삼백칠 년 전의 천지대전에서 천검신문에게 대패한 마도는 전 마도인에게 공포했었다.

마도의 최대 적은 천검신문이며, 천검신문을 타도하는 것이 가장 큰 사명이라고.

그러므로 대정숙의 추적을 받게 되더라도 천검신문의 후계자를 제거하는 일은 반드시 이루어져야만 하는 것이다.

*　　　*　　　*

기개세가 부상을 당하는 바람에 몇 사람이 외출을 나가지 못했다.

아니, 부상 때문이 아니다. 사실 소효령의 홍예장에 적중된 기개세는 뜻밖에도 멀쩡했다. 단지 충격 때문에 심장이 멈추었다가 다시 뛴 것일 뿐이다.

소효령이 홍예장을 칠성까지밖에 연마하지 못했고, 오 할의 공력으로 발출했으며, 여덟 자라는 먼 거리였기에 장력이

제 위력을 십분 발휘하지 못했던 것이다.

그래서 기개세는 다행히 뼈도 부러지지 않았으며 내상도 입지 않았다.

그런데도 소옥군과 소효령은 거의 반강제로 기개세를 침상에 눕혔으며, 한시도 그 곁을 떠나지 않으면서 치료한다, 시중을 든다, 말동무가 되어준다 법석을 떨었다.

그 바람에 손진과 유석, 유정도 걱정이 되어 기개세 곁을 떠나지 못했다.

다만 진운상과 서주동만이 급한 볼일을 보러 외출을 했을 뿐이다.

기개세가 누워 있는 침상 가에는 침상에 걸터앉은 소옥군을 비롯하여, 의자를 갖다 놓고 손진, 유정이 앉아 있었고, 발치엔 소효령이 서 있었다.

네 여자가 침상 가를 다 차지하고 있어서 모친인 하여상은 그 틈에 끼지도 못하고 이따금 들렀다가 기개세를 잠깐 보고 가는 것이 전부였다.

기개세는 가슴만 조금 뻐근할 뿐 멀쩡한 상태에서 하루 종일 침상에 누워 있으려니 주니가 나서 죽을 지경이다.

무슨 핑계를 대서라도 이불을 털고 일어나려고 하면, 네 여자가 약속이나 한 듯이 통곡하면서 만류를 하는 통에 어쩔 수 없이 다시 자리 보존을 해야만 했다.

그나마 조금 위안이 되는 것은 머리맡 침상에 앉은 소옥군의 엉덩이와 허벅지를 더듬을 수 있다는 사실이다.

기개세는 아예 그녀의 하체에 슬쩍 이불을 덮어놓고는 마음 놓고 더듬었다.

그때마다 그녀가 입술을 꼭 깨물고 눈을 지그시 감은 채 속눈썹을 바르르 떠는 것을 발견했지만, 기개세는 못 본 척 감중련(坎中連)하면서 더듬기만 했다.

그리고 그녀가 그렇게까지 해서 다소곳이 견디고 있는 모습이 예뻐서 미칠 지경이었다.

소옥군이 손진과 유정, 소효령 쪽을 보는 자세로 침상의 기개세 머리맡에 걸터앉아 있고 또 하체에 이불을 덮어놓았기 때문에, 그녀들은 기개세의 만행(?)을 결코 볼 수가 없었다.

그야말로 기개세는 소옥군을 만난 이후 처음으로 엉덩이와 허벅지를 실컷 더듬고 있었다.

'또 저런 얼굴을……'

그런데 한 가지 신경 쓰이는 일이 있었다.

소효령이다. 그녀는 앉지도 않은 채 침상 가 기개세의 발치에 다소곳이 서서 그를 말끄러미 바라보고 있었다.

그녀는 자신을 발가벗긴 것이 치료를 하기 위해서 어쩔 수 없었다는 사실을 알고 나서는 모든 오해를 풀었다.

오히려 그로 인해서 그녀는 기개세를 생명의 은인으로 극진히 여기게 되었다.

하지만 기개세는 자신 때문에 그녀가 극음지기에 중독됐

었다는 사실을 섣불리 실토하지 못했다.

그랬다가는 모처럼의 이런 좋은 분위기가 한순간에 망쳐질 것 같았기 때문이다.

그런데 정말 이상한 것은 소효령의 눈빛이고 표정이며 태도였다. 하여튼 달라진 그녀의 모습이었다.

뭔가 아스라이 꿈을 꾸는 것 같기도 하고, 또한 아쉬워하면서 갈망하는 듯한 눈빛이다.

그리고 입가에 떠오른 엷은 미소는 고혹하고도 애잔했다.

몹시 외롭고 쓸쓸한 듯, 그러면서도 무한한 신뢰와 정을 담고 있었다. 한마디로 해석하기 불가해한 표정이다.

'장모님께서 도대체 왜 저런 표정을……?'

그러다가 기개세와 눈이 마주치면 소효령은 꽃봉오리가 활짝 피듯 화사한 미소를 지어 보였다.

그럴 때면 기개세는 어색한 표정을 지으면서 슬그머니 소효령을 외면했다.

소옥군은 모친의 그런 모습을 이따금 발견했지만, 그것이 은인인 기개세에게 보내는 감사의 마음이라고 여길 뿐이지 별다르게 생각하지 않았다.

"영아, 일어날 수 있겠느냐?"

"물론이에요, 엄마."

기개세가 금쪽같은 외박 첫날을 하릴없이 침상에서 보낸

지 세 시진쯤 지났을 때, 하여상이 세 번째로 찾아와서 그렇게 말하자 기개세는 기다리고 있었다는 듯이 침상에 발딱 일어나 앉았다.

자리에서 일어난 소옥군과 손진, 유영은 얼굴 가득 걱정스러운 표정을 지었으나 모친인 하여상의 말이라서 감히 반박하지 못하고 잠자코 있을 수밖에 없었다.

"안 돼요."

그런데 뜻밖에도 소효령이 정색으로 만류를 하며 나섰다.

"아직 부상이 완치되지 않았기 때문에 움직이는 것은 무리예요. 며칠 정양을 해야 해요."

하여상은 기개세 옆에 앉으며 그의 머리카락을 쓸어 올리면서 부드럽게 미소 지었다.

"내가 보기에는 이미 다 나은 것 같군요."

"겉보기에만 그런 거예요. 특히 내상이라는 것은 움직일수록 덧난다는 것을 무가의 안주인이신 부인께선 잘 알고 계시겠지요?"

소효령은 물러서지 않았다. 그리고 그녀의 뒤에는 소옥군과 손진, 유정이 마음으로나마 힘을 보태고 있었다.

사실 하여상과 손진, 유정은 기개세가 어쩌다가 내상을 입게 되었는지 자초지종을 모르고 있다.

기개세가 어떤 식으로 소효령을 치료했으며, 그 와중에 오해가 생겨서 그녀가 기개세를 죽였다가 극적으로 살아났다는 사실을 세 사람 모두 알려지기를 원하지 않았다.

그래서 단지 기개세가 소효령을 진기로써 치료하던 중에 실수하여 내상을 입은 것으로 얼버무리고 말았다.

그 점에 대해서 소옥군과 소효령은 기개세에게 매우 고맙게 여기고 있었다.

만약 사실이 알려질 경우, 이들 모녀는 낙성검가에 결코 발을 붙이고 있지 못하게 될 것이다.

그렇지 않아도 대정숙 전문 앞에서 소효령이 기개세의 팔을 부러뜨리려고 그 난리를 피운 것에 대해서 다들 언짢게 생각하고 있는데, 이번 일까지 불거지면 이들 모녀는 도저히 얼굴을 들 수 없을 터이다.

낙성검가를 떠나면 갈 곳이 없기 때문이 아니다. 소효령은 불명예가 두려운 것이고, 소옥군은 기개세 곁을 떠나는 것을 원하지 않는다.

"내 아들은 내가 잘 알아요."

하여상은 기개세의 머리와 어깨, 등을 부드럽게 쓰다듬고 나서 확신하듯 말했다.

"하지만……."

"영아."

하여상은 모두의 염려를 일축시켜야겠다는 생각에 기개세를 조용히 불렀다.

"네, 엄마."

"네가 아프지 않다는 것을 보여줘야겠구나."

"그야 뭐 어렵지 않죠."

번쩍!

기개세는 벌쭉 웃으며 옆에 앉은 하여상을 번쩍 안아서 자신의 무릎에 앉혔다.

그 광경에 모두들 깜짝 놀랐으나 하여상은 능숙하게 한 팔로 기개세의 목을 안았다.

기개세는 하여상의 궁둥이를 통통 두드리면서 웃으며 모두를 둘러보았다.

"하하하! 자! 봤지?"

"가자, 영아."

하여상은 마부가 말을 몰 듯 명령했다.

"네! 엄마!"

기개세는 씩씩하게 대답하고 그녀를 안은 채 벌떡 일어나 성큼성큼 방문으로 걸어갔다.

등 뒤에서 손진이 놀란 목소리로 묻는 말이 들렸다.

"모자 사이가 원래… 저래요?"

유정의 웃음 섞인 대답이 뒤를 이었다.

"호호호! 둘째 오빠와 어머니의 저런 모습을 남들이 보면 연인 사인 줄 안다니까요?"

소옥군과 손진은 풋! 하고 웃음을 터뜨렸다.

그러나 한 여자, 소효령은 씩씩하게 걸어나가는 기개세의 뒷모습을 보며 묘한 눈빛이 되었다.

'아… 정말 부럽다.'

기개세와 하여상은 나란히 정원을 가로질러 걸어갔다.

"두 군데 갈 데가 있단다."

"엄마하고 같이 가면 그곳이 어디라도 천당이야."

"호호홋! 원 애도……."

하여상의 명랑한 웃음소리가 허공으로 퍼졌다.

"여기는?"

기개세는 어느 전각으로 다가가며 가볍게 놀라는 표정을 지었다. 그곳이 양부인 유당환의 거처였기 때문이다.

그는 퍼뜩 한 가지 생각이 떠올라서 하여상을 보며 기대 어린 표정을 지었다.

"혹시 아버님께서……."

하여상은 온화한 미소를 지으면서 말없이 고개를 끄덕였다.

척―

하여상은 방문을 열어주며 기개세가 들어가기를 기다렸다.

기개세는 기쁘면서도 설레는 마음으로 조심스럽게 방 안으로 들어섰다.

그는 하여상의 미소를 보고 유당환의 병세가 많이 호전되었음을 짐작했다.

예전의 그는 모든 일에 덜렁거리고 예의도 없으며 깊이있게 사람을 대하지도 않았다.

그런데 과연 배움이라는 것이 무언지, 지금의 그는 정말 많이도 변했다.

예전 같으면 낙성검가의 가주인 유당환이 병세가 깊어지든 호전되든 별로 관심이 없었을 것이다.

아니, 그가 변화한 이유는 배움만이 아니다. 진실함을 바탕으로 한 밀접한 인간관계가 더 큰 몫을 했다.

"아……."

실내로 들어선 기개세는 무엇을 발견했는지 나직한 탄성을 흘려냈다.

놀랍게도 방 한가운데 포단(蒲團:방석)에 유당환이 단정한 자세로 앉아 있는 것이 아닌가.

유당환은 올해 오십이 세다. 그러나 오랫동안 병마에 시달리느라 겉으로는 환갑이 훨씬 넘게 보였다.

검었던 머리카락과 수염은 반백으로 변했으며, 얼굴과 손에 밭고랑 같은 주름이 생긴 모습이었다.

하지만 십 년 동안의 병치레가 외모를 그렇게 변화시켰더라도 눈빛과 표정은 밝았고 자세는 단정해서 방금 병석을 털고 일어난 사람 같지 않았다.

또한 피골상접했던 몸에 웬만큼 살이 붙어서 두어 달 전까지만 해도 시체 같던 모습이 지금은 웬만큼 사람다운 모습을 갖춘 상태였다.

일신에 산뜻한 비단 청삼을 입었으며, 머리는 상투를 틀었고, 가슴까지 늘어진 수염은 손질을 하여 깔끔한 모습이다.

물론 하여상이 양부 유당환을 기개세에게 처음으로 인사시키기 위해서 정성껏 그를 꾸며준 것이다.

기개세는 이끌리듯이 유당환 앞으로 다가갔다. 그의 얼굴에는 반가움과 기쁜 표정이 가득 떠올라 있었다.

유당환은 환한 미소를 지으면서 기개세를 쳐다보았다.

"네가 영이로구나."

그의 목소리는 나직했으며 온화함이 가득했다.

그가 시체나 다름없이 누워 있는 십여 년 동안 낙성검가에는 정말 많은 일들이 있었다.

그중에 가장 큰 사건 두 가지가 둘째 아들 유영의 불의의 죽음과 양아들 기개세가 유영의 이름으로 입적(入籍)을 한 일이다.

유당환은 긴 병마에서 깨어나 아내 하여상으로부터 둘째 아들이 변고를 당했다는 사실을 전해 듣고는 크게 놀랐고 또 상심했었다.

또한 자신이 무리하게 무공을 연마하다가 주화입마에 들어 병석에 눕는 바람에 둘째 아들이 죽고 가문이 몰락하게 되었음을 몹시 자책했다.

그런 그에게 하여상은 지난 몇 달 사이에 생긴 변화에 대해서 자세히 설명을 해주었다.

즉, 둘째 아들을 양자로 맞이했으며, 그 아들 덕분에 낙성검가가 낙양성으로 이사를 했고, 삼 남매 모두 대정숙에 입교했으며, 그중에 둘째 아들은 만점자가 되었는가 하면, 그 소문이 인근에 널리 퍼져서 현재 낙성검가는 문하제자 백여 명을 거느린 중견 문파가 되었다는 사실 등이다.

예전에 유당환이 쓰러지기 전이라고 해도 광화현의 낙성검가는 문하제자를 삼십여 명 이상 가져 보지 못했었다.

하여상은 둘째 아들이 낙양성 최고의 명의로 하여금 유당환을 치료하게 했다는 사실을 빼놓지 않고 설명했다.

친아들인 둘째 유영이 죽었다는 사실은 유당환에게 너무도 큰 충격이다.

그러나 반수불수(反水不收). 이미 엎질러진 물을 어찌하랴.

가슴을 치며 후회하고 슬퍼한들 죽은 아들이 되살아나지는 않을 터.

유당환은 하여상이 그랬듯이, 죽은 둘째 아들 대신 새로운 아들 기개세가 들어온 것이 하늘의 뜻이라고 생각했다.

그리고 새로운 아들이 가져다준 믿기지 않을 정도의 큰 홍복을 겸허한 마음으로 기꺼이 감사해했다.

“소자 영, 아버지의 쾌차하심을 진심으로 축하드립니다.”

이윽고 기개세는 유당환에게 공손히 큰절을 올렸다.

하여상은 그 광경을 보면서 벌써부터 소리없이 눈물을 흘리고 있었다.

처음에 광화현 낙성검가에 왔을 때는 천둥벌거숭이 같은 기개세였거늘, 이젠 어엿한 대장부, 아니, 소영웅의 면모를 갖추었으니 하여상은 누구보다도 감회가 남달랐다.

유당환은 기개세가 절을 하고 일어나기를 기다렸다가 손을 뻗었다.

“영아, 이리 오너라.”

기개세가 무릎걸음으로 가까이 다가가자 유당환은 두 손을 뻗어 그의 두 손을 마주 잡았다.

아직도 마른 유당환의 손은 따스했고 힘이 있었다. 그는 기개세를 응시하며 입을 열었다.

“고맙다.”

그 짧은 한마디뿐이다. 하지만 그 말에는 수많은 의미가 함축되어 있었다.

그리고 기개세는 그 의미들을 다 알아들을 수 있었다.

그는 유당환의 손에서 손을 빼내고 상체를 앞으로 기울여 두 팔로 그를 가만히 안았다.

기개세의 느닷없는 행동에 유당환은 움찔하며 가볍게 놀

란 표정을 지었다.

예전의 그는 엄격한 아버지라서 한 번도 자식들을 품에 안아준 적이 없었다.

그러므로 자식들은 그를 엄한 부친으로 여길지언정 친근한 아버지로 느끼지는 않았었다.

그러므로 기개세의 이런 행동은 유당환에게 몹시 생소하고 갑작스러운 것이 아닐 수 없었다.

하여상은 기개세의 행동에 적잖이 놀랐으나 말없이 추이를 지켜보았다.

과거에 하여상도 남편처럼 엄격한 성격이었으나 기개세에 의해서 지금의 다정다감한 성격으로 바뀌었다.

바뀌고 나니까 왜 예전에는 이러지 않았었는지 후회가 될 정도로 좋았다.

그래서 기개세가 남편의 성격도 바꿔주기를 은근히 기대하는 마음이 생겼다.

기개세는 유당환을 안은 팔에 지그시 힘을 주며 말했다.

"아버지, 잘 돌아오셨어요."

뭉클!

유당환은 심장에 뜨거운 물이 끼얹어진 듯한 느낌을 받았다.

'잘 돌아왔다' 그 말은 마치 어딘가 외출을 나갔다가 집에 돌아온 사람을 맞이하는 듯했다.

그 말은, 그리고 기개세의 행동은, 십여 년 만에 병석에서 일어난 유당환과 현실의 어정쩡한 괴리감을 어느 정도 줄여 주기에 충분했다.

그때 기개세가 포옹을 풀고 유당환과 무릎이 닿을 정도로 바짝 다가앉아 넌지시 물었다.

"아버지께서 뭐가 제일 하고 싶으신지 제가 한 번 알아맞혀 볼까요?"

유당환은 벙글벙글 미소 지으면서 말하는 생전 처음 보는 둘째 아들이 조금쯤 친밀하게 느껴지기 시작했다.

"무엇이냐?"

그렇게 묻는 유당환의 입가에는 그가 평소에 별로 지어보지 않았던 엷은 미소가 머금어져 있었다.

기개세는 특유의 순진무구한 미소를 지으며 손으로 술잔을 잡고 마시는 시늉을 해 보였다.

"약주 하시고 싶은 거죠?"

원래 유당환은 술을 별로 즐겨하지 않았다. 무공 연마에 방해가 된다는 이유에서다.

그렇지만 빙그레 미소를 지으면서 고개를 끄덕였다.

"오냐. 그걸 어떻게 알았느냐?"

자신과 술을 마시고 싶다는 기개세의 말뜻을 간파한 것이다.

기개세는 싱그럽게 웃었다.

"하하! 원래 부자지간에는 통하는 점이 많습니다!"

유당환은 그저 흡족하여 연신 고개를 끄덕였다.

"허허헛! 그렇지! 암!"

"흥! 그렇다면 영아 너는 어미하고는 통하는 것이 없다는 말이냐?"

하여상이 짐짓 토라진 듯 쏘아붙였다.

기개세는 넉살 좋게 받아넘겼다.

"하하하! 같은 새라고 해도 꿩은 산으로, 오리는 물로 가는 법입니다!"

"남자는 꿩이고 여자는 오리라서 꿩과 오리가 서로 방식이 다르다는 뜻이냐?"

"하하! 해석은 어머니의 자유에 맡기겠습니다!"

"너 어미보다 아버지가 좋으냐?"

하여상은 비록 농담이지만 약간의 진담을 담아서 슬쩍 떠보았다. 그래서인지 목소리도 자못 진지했다.

그것은 젖먹이에게 엄마가 좋으냐, 아빠가 좋으냐고 묻는 것처럼 유치한 물음인데, 하여상은 자신이 이런 것을 묻게 될 줄은 몰랐었다.

"어머니께서는 소자와 아버지 중에 누굴 더 좋아하십니까?"

"그건……."

기개세의 재치있는 물음에 하여상은 대답을 하지 못하고

난색을 표했다.

농담 속에 진담을 섞어 기개세의 의중을 슬며시 떠보려던 것이 오히려 곤란한 지경에 빠지고 만 하여상이었다.

"헛헛헛헛! 그야말로 엄이도령(掩耳盜鈴)이로다!"

갑자기 유당환이 고개를 젖히고 파안대소했다. 그의 말인즉, '제 귀를 막고 방울을 훔친다' 라는 뜻으로, 얕은꾀로 상대를 속이려 하지만 아무 소용이 없음을 이른다.

하여상은 어쩔 수 없다는 듯 실소를 흘렸다.

"보세요. 영아가 이런답니다."

"헛헛헛헛! 부인은 영아에겐 못 당하겠소이다!"

하여상은 실로 십여 년 만에 남편의 호방한 웃음소리를 들으면서 울컥 감격의 눈물이 솟구쳤다.

"영아."

유당환의 방을 나서 다시 전각 사이를 돌아 나란히 걷다가 하여상이 조금 진지한 어조로 불쑥 입을 열었다.

"웃지 말고 들어라. 나는 심각하단다."

기개세는 걸음을 멈추고 진지한 표정을 지었다.

"말씀하십시오."

하여상이 심각하다니까 기개세는 공손히 두 손을 앞에 모으고 허리까지 굽혔다.

하여상은 그러는 그를 향해 눈을 곱게 흘겼다.

"장난하지 말고."

"알겠습니다."

그렇게 말하면서도 기개세는 진지한 표정을 풀지 않았다.

"너 정말 나보다 아버지가 좋으니?"

"에?"

"대답해 봐. 정말 너와 아버지는 꿩이고, 나는 오리야?"

기개세는 몹시 진지한 표정의 하여상을 멀뚱멀뚱 바라보다가 갑자기 등을 돌려 주저앉으며 그녀를 냉큼 업었다.

"어맛?"

"어이구! 소녀 같은 우리 엄마. 언제 철이 들까 몰라?"

"여… 영아, 누가 본다."

기개세가 자신을 업은 채 성큼성큼 걸어가자 하여상은 놀라서 작게 몸부림을 쳤다. 그러나 그렇게 싫은 표정은 아니다.

"엄마, 아버지는 이제 막 소생하셨잖아. 내가 그런 아버지를 미워해야겠어?"

기개세는 나직한 목소리로 말을 이었다.

"나한테는 엄마뿐이야. 개망나니를 사람으로 만들어준 것도 엄마고, 나를 제일 걱정하고 또 사랑하는 사람도 엄마잖아. 엄마는 그걸 모르겠어?"

"영아……."

하여상은 가늘게 몸을 떨다가 두 팔로 기개세의 목을 꼭 끌어안고 그의 등에 뺨을 묻었다.

그녀는 죽을 만큼 행복했다. 그래서 이렇게 행복해도 되는 것인지 염려가 들 정도였다.

第四十一章
천검사신위 (天劍四神衛)

하여상은 기개세에게 두 군데 들를 곳이 있다고 말했었다.

그리고 그 두 번째 방문 앞에 다다랐다. 그곳은 낙성검가의 전각 스물다섯 채 중에서 가장 뒤쪽에 있는 별채 세 곳 중 하나였다.

그곳에서 멈춘 하여상은 기개세에게 가라앉은 목소리로 조용히 말했다.

"들어가거라."

방 안에 무엇이 있고 또 어떻게 해야 하는지 한마디도 설명하지 않았다.

기개세는 의문이 들었으나 아무것도 묻지 않았다.

하여상의 표정에서 이제부터 들어가게 될 실내에 매우 진지하고도 중요한 일이 기다리고 있음을 짐작했기 때문이다.

기개세는 하여상을 바라보며 빙그레 미소를 지어 보이고는 몸을 돌려 방문을 열었다.

척―

하여상은 기개세가 방 안으로 들어간 후 방문이 닫히자 잠시 그 자리에 서 있다가 걸음을 옮겼다.

그녀는 기개세를 이곳으로 데리고 오기 전에 뇌룡문 뇌룡백도의 우두머리인 백도장을 먼저 안내했었다.

그러나 그가 기개세에게 무슨 말을 할지, 어떤 행동을 할는지는 짐작조차 하지 못한다. 단지 나쁜 일이 아닐 것이라고만 조심스럽게 생각하고 있을 뿐이었다.

"……!"

실내에 들어선 기개세는 그곳에 누가 있는지 발견하기도 전에 기이한, 아니, 굉장한 느낌을 받았다.

그것은 매우 뜨거운 용광로 가까이에 다가갔을 때 느끼는 열기나, 차디찬 얼음물 속에 알몸으로 빠졌을 때의 지독한 한기처럼 그의 온몸으로 훅! 하고 끼쳐 왔다.

'뭐… 지? 이 엄청난 기운은?'

그는 재빨리 실내를 휘둘러보았다. 저녁인데다 불을 켜지 않아서 실내는 칠흑처럼 캄캄했다.

하지만 어둠 따윈 아무런 문제가 될 것이 없는 그는 실내의 한곳에 시선을 고정시켰다.

그곳 벽 아래에 네 사람이 나란히 벽을 등진 채 서 있는 것을 발견했기 때문이다.

그렇지만 기개세는 곧 그들에게서 시선을 거두고 천천히 실내 한복판으로 걸어가 멈추고 나서 입을 열었다.

"거기에 나란히 서 있지 말고 이리 와서 용건이나 얘기하는 것이 어떻겠소?"

나직하지만 조금의 흔들림도 없는 느긋한 목소리다.

벽 앞에 나란히 서 있던 네 사람은 가볍게 표정이 변했다.

사실 그들은 기개세에게 아주 조그만 시험을 해보았다.

들어서는 기개세에게 네 명이서 단결하여 아주 강한 기세를 뿜어내어 그 반응을 살피자는 것이었다.

그런데 기개세는 조금이라도 놀라거나 머뭇거리는 기색조차 없었을 뿐만 아니라, 칠흑같이 어두운 실내 한쪽에 서 있는 자신들을 아주 간단하게 찾아내 버렸다.

네 사람은 오늘 아침에 대정숙 전문 근처에 몸을 숨기고 있다가 외출을 나오는 기개세를 자세히 살펴보았었다.

그래서 그가 소옥군의 엉덩이를 쓰다듬다가 소효령에게 된통 당하는 광경과 오른손이 옥수로 변해서 소효령을 뿌리치는 것을 똑똑히 목격했었다.

네 사람에겐 두 가지 다 중요한 일이었다.

기개세가 공공연하게 강남천궁을 마누라라고 부르면서 백

주 대낮에 그녀의 엉덩이를 어루만지는 것은 영웅호색이라고 해야 할지, 파렴치한으로 봐야 할는지 아직은 판단이 서지 않았다.

그리고 기개세의 오른손이 옥수로 변한 것은 무엇보다도 중요한 일이었다.

네 사람의 눈이 틀림없다면 그것은 기개세가 만년옥정유를 복용했기 때문일 것이다.

만년혈천수와 만년옥정유는 천검신문의 전대 문주, 즉 태문주가 오직 자신의 적전 후계자에게만 남기는 희대의 영액인 것이다.

기개세는 절대신검을 소지했으며, 만년옥정유를 복용한 증거를 보이고 있다.

그것은 그가 천검신문 문주의 후계자가 거의 분명하다는 뜻이었다.

네 사람은 더 이상의 시험은 무의미하다고 생각하고 천천히 기개세를 향해 걸음을 옮겼다.

그들은 기개세에게 다가가는데도 발자국 소리는커녕 어떤 기척도 흘리지 않았다.

네 사람이 기개세에게 걸어가고 있는 도중 누가 불을 밝혔는지 곧 사방의 촛불과 유등에 불이 붙더니 실내가 환해졌다.

기개세는 말을 마치고 불이 밝혀지기 전까지 나름대로 잠시 생각에 잠겼다.

모친은 왜 자신을 이곳으로 안내했을까?

저들 네 명, 아니, 서가 옆과 함롱(函籠:장롱) 옆, 창 옆, 방문 옆에 서 있는 네 명까지 도합 여덟 명은 누군가?

'이상한 일은 이상한 일로 푼다.'

순간 기개세의 머리가 빠르게 회전했다. 아니, 빠르게 회전할 것도 없었다.

단지 과거에 일어났었던 몇 개의 이상한 일들을 떠올리면 되는 일이다.

구화산 천신동에서의 일, 즉 천검신문의 팔대문주인 독고성의 제자가 됐던 일.

절대신검 때문에 습격을 당해서 죽을 뻔했던 일.

그에게 있었던 이상한 일은 두 가지가 전부다.

그리고 지금 세 번째 이상한 일이 벌어지려 하고 있다.

그러므로 기개세의 생각인즉 이상한 일은 이상한 일로 해석하면 된다는 것이다.

'이들은 절대신검 때문에 날 죽이려는 자이거나 천검신문과 관계가 있는 자일 것이다. 그러나 어머니께서 날 죽이려는 자를 만나보라고 일부러 권할 리가 없다. 그렇다면……'

생각은 거기서 끝났다. 그러나 그는 먼저 아는 체를 하지 않을 생각이다.

시간은 충분하다. 그러므로 상대가 어떻게 나오는지 봐가면서 행동을 하는 것도 나쁘지 않을 것이다.

기개세 뒤에 일렬로 늘어선 네 사람은 삼남일녀다.

그들 중에 오른쪽에 서 있는 백포노인이 최초로 나직하게 말문을 열었다.

"절대신검을 보여주겠습니까?"

"당신 불알을 먼저 보여주겠소?"

그 즉시 기개세에게서 대답이 돌아왔다. 그런데 백포노인에게 다짜고짜 불알을 보여달라고 요구한다.

뜬금없는 말이지만 백포노인과 다른 세 사람은 그 뜻을 즉시 알아차렸다.

생면부지에 다짜고짜 절대신검을 보여달라고 하는 것은 불알을 보자고 하는 것이나 다름이 없다는 뜻이다.

그러나 백포노인은 불쾌하다기보다는 오히려 빙그레 미소를 지었다.

"풋!"

그때 왼쪽 끝에 서 있던 여자가 고개를 숙이면서 섬섬옥수로 입을 가리고 애써 웃음을 참으려고 했으나 끝내 새어 나오고 말았다.

그녀는 수양심이 매우 깊은 사람이다. 그런데 불알을 보자는 말에 어이없는 상상을 해버렸다.

평소에 점잖기로 소문난 백포노인이 턱하니 바지를 벗고 불알을 보여주는 상상을 말이다.

그러니 제아무리 부처님 가운데 토막이라고 해도 웃음이

새어 나오지 않으면 그것이 외려 이상한 일이었다.

게다가 웃음이라는 것은 참으려고 하면 할수록 더 참을 수 가 없는 법이다.

그래서 옛말에도 웃음과 방귀를 참으면 병이 된다고 하지 않던가.

"오홋홋홋홋홋홋!"

결국 여자는 고개를 젖히고 맑은 가을하늘 아래에서 흔들 리는 종소리처럼 웃음을 터뜨리고 말았다.

그러나 아무도 여자를 나무라지 않았다. 아니, 못했다. 그 들도 껄껄 웃거나 빙그레 미소를 짓고 있었으므로.

기개세는 장차 죽을 때까지 함께하게 될 네 명 가신(家臣) 들과의 첫 만남에서도 이런 식으로 그들을 완전히 무장해제 시켜 버리고 말았다.

네 사람이 웃고 있는 동안 기개세는 천천히 돌아섰다. 그 역시 빙그레 미소를 짓고 있었다. 그들이 나쁜 사람이 아니라 는 사실을 방금 전의 일로 이미 간파한 것이다. 해맑게 웃는 사람치고 악인이 없기 때문이다.

그리고 그는 네 사람을 오른쪽에서부터 차례로 살펴보기 시작했다.

맨 오른쪽의 백포노인은 얼굴에 불그레한 홍조를 띠고 있 는 것을 제외하면 머리끝에서 발끝까지 온통 백색이다.

머리카락과 눈썹, 수염, 그리고 오른쪽 어깨에 메고 있는 한 자루 검마저도 흰색 백검(白劍)이었다.

나이는 육십오륙 세 정도. 한마디로 신선이 있다면 정녕 이런 모습이 아닐까 하는 생각이 들게 했다.

"하하하! 다들 왜 웃었는지 알 것 같군요."

기개세가 선풍도골의 백포노인을 보면서 예의 '불알'을 연상하며 명랑하게 웃자 간신히 웃음을 참았던 왼쪽 끝의 여자가 또다시 웃음이 터진 듯 손으로 입을 막으면서 어깨를 들썩거렸다.

하지만 당사자인 백포노인은 화내지 않고 오히려 빙그레 엷은 미소를 짓고 있다.

기개세의 시선이 백포노인 옆 사람에게 옮겨졌다.

그는 다름 아닌 당당한 체구에 용맹한 풍모인 뇌룡문주 뇌룡도황 담무혁이었다.

그리고 그 옆에는 마치 학자 같은 느낌이 드는 성검문주 북천성검 나궁조가 고목 앞에 서 있는 서생 같은 싱그러운 모습으로 미소를 짓고 있었다.

기개세는 마지막으로 아직도 입가와 눈에서 웃음기를 지우지 못하고 있는 왼쪽 끝의 여자를 쳐다보았다.

다른 세 명의 남자하고는 달리 그녀는 기개세의 시선이 닿자 살포시 고개를 숙여 보였다.

그녀는 이십오륙 세에 길고 검은 머리카락을 찰랑찰랑 늘어뜨린 갸름한 얼굴 윤곽을 지녔다.

보통의 여자들은 눈썹을 초승달처럼 가늘게 만들려고 애쓰지만, 그녀의 눈썹은 매우 짙었다. 그리고 눈이 매우 크고 깊으며 검었다.

입가에는 방글방글 미소를 머금고 있었으며, 산뜻한 취의 경장이 늘씬한 교구를 감싸고 있었다.

해맑고 상쾌하다는 것이 그녀를 본 첫인상이었다.

네 사람을 일일이 살핀 기개세는 이윽고 엷은 미소를 지으며 입을 열었다.

"저는 낙성검가의 유영입니다."

그 말뿐이다. 하지만 그가 누군지 이곳에 있는 사람들은 이미 알고 있는 사실이었다.

그리고 그가 왜 새삼스럽게 자신의 신분을 말하는 것인지 네 사람은 충분히 짐작했다.

다 알고 있는 사실을 다시 한 번 말함으로써, '내가 이름을 먼저 밝혔으니 당신들도 밝혀라'라고 요구하는 것이다.

잠시 침묵이 흐른 후에 백포노인이 정중하면서도 산들바람처럼 여유로운 목소리로 입을 열었다.

"우리가 누군지 밝히기 전에 몇 가지 확인할 것이 있습니다. 우리의 요구에 응해주겠습니까?"

"그러지요."

기개세는 흔쾌히 고개를 끄덕였다. 그의 말투는 처음보다 조금 공경해졌다.

말은 백포노인이 하지만 다른 세 사람의 시선은 기개세에
게 집중되어 있었다.

백포노인의 시선이 잠시 기개세가 메고 있는 검으로 향했
다가 다시 얼굴로 향했다. 그리고는 몹시 엄숙하고 진지하게
입을 열었다.

"절대신검을 지니고 있습니까?"

툭!

"여기."

"그것은……."

기개세가 어깨의 검을 툭 쳐 보이자 네 사람의 안색이 일시
에 어두워졌다.

그것은 그들이 알고 있는 절대신검의 모습이 아니었다.

그들은 절대신검을 평생에 단 한 번도 실물로 본 적이 없
다. 천검신문의 전대 태문주가 삼백여 년 전에 은거하면서 함
께 사라졌기 때문이다.

하지만 그들 각자의 가문에 전해 내려오는 천검신문에 대
한 모든 것들을 너무 완벽하게 숙지하고 있으므로 절대신검
을 알아보지 못할 리가 없다.

기개세는 빙그레 미소 지었다.

"못 알아보겠지요? 귀찮게 구는 자들이 있어서 색칠을 해
서 그런 것입니다."

"색칠을?"

우웅!

긴말이 필요없다는 듯 기개세가 검을 뽑자 낮고 웅혼한 용음이 은은하게 실내를 울렸다.

검을 눈으로 보지 않고 검명만 듣고서도 네 사람은 그것이 절대신검이라는 사실을 확신했다.

"자! 보십시오!"

기개세는 절대신검을 네 사람에게 평행이 되도록 가슴 높이에서 앞으로 쭉 뻗었다.

길이 석 자 반.

너비 세 치 닷 푼.

검첨 부위 한 자는 은은하게 불그스름한 기운이 흐르고, 그 다음은 소나무 잎처럼 푸른 기운이 흘렀으며, 그곳에서 칼코등이까지는 투명할 정도로 흰 기운이 뿌려졌다.

그리고 검첨에서 한 뼘부터 검파에서 한 뼘까지 검신의 복판에 길게 한 치 서 푼가량 폭의 간극(間隙:틈)이 이어져 있었다.

네 사람은 검에서 시선을 떼지 못하고 얼굴 가득 기쁨과 흥분, 감격의 표정을 떠올렸다.

그때 기개세가 검파에 꽁꽁 묶었던 검게 색칠한 질긴 쇠가죽을 풀자 찬연한 모습이 드러났다.

천신(天神)이라는 두 글자가 더할 나위 없이 웅혼한 모습으로 양각되어 있었다.

“오오……..”

“과연 절대신검이로다……!”

네 사람은 탄성을 터뜨리며 흥분을 감추지 못했다.

척!

기개세는 절대신검을 검실에 꽂고 나서 똑바로 섰다.

“다음은 무엇입니까?”

네 사람은 절대신검을 본 흥분과 감격을 감추려고 애를 썼으나 쉽지 않았다.

그도 그럴 것이, 장장 삼백여 년 동안 몇 대(代)에 걸쳐서 기다려 온 천검신문의 태문주의 신물이 눈앞에 나타났는데 어찌 제대로 마음을 추스를 수가 있겠는가.

네 사람 중에 가장 연장자인 백포노인이 심호흡을 한 후 조용한 어조로 물었다.

“전대 태문주를 뵈었습니까?”

그는 취의경장을 입은 여자의 부친과 비슷한 나이다.

“태문주가 무엇입니까?”

“천검신문의 문주를 태문주라 합니다.”

기개세는 고개를 끄덕였다.

“사부님을 말씀하시는 것이라면, 맞습니다. 몇 달 전에 그분을 뵈었습니다.”

“아……..”

누군가의 입에서 나직한 탄성이 흘러나왔다.

이어서 기개세는 구화산 천신동에서 겪었던 일을 회상하며 설명을 시작했다.

"내가 사부님을 만났을 때에는 이미 돌아가신 후였습니다. 나는 사부님의 지시에 따라서 구배지례를 하고 사제의 인연을 맺었지요."

독고성에 대해서 회상을 하자 기개세는 갑자기 쓸쓸해지면서 그가 몹시 그리워졌다.

"사부님께서 남기신 서찰에 의하면, 내가 언제 태어났으며 고향이 어딘지도 자세히 알고 계시는 것 같았습니다. 그리고 언제 천신동에 들어올지도 말입니다."

그래서 명랑하던 목소리가 차분하게 가라앉았다.

"그분은… 전대 태문주께선 어떤 모습이었나요?"

취의녀가 간절하고도 애달픈 표정으로 기개세를 말끄러미 바라보며 물었다.

기개세는 잠시 생각하는 듯한 얼굴로 눈을 깜빡이다가 백포노인을 가리켰다.

"이분과 비슷한 모습이었습니다. 눈처럼 흰 비단옷을 입었으며 단정하게 상투를 튼 백발에 길고 흰 수염이 가슴까지 늘어졌고, 안색은 어린 소년처럼 불그스름하며 지그시 눈을 감고 있는데 말로만 듣던 신선의 모습이었습니다. 나는 여태껏 그토록 선풍도골의 멋있는 노인을 한 번도 본 적이 없었습니다."

담무혁과 나궁조, 취의녀가 약속이나 한 듯 백포노인을 쳐
다보았다.

그러자 기개세가 덧붙였다.

"비슷하기는 하지만 사부님께서 훨씬 더 신선 같았습니다.
뭐랄까… 옥황상제가 계시다면 아마 그런 모습이 아닐까 하
는 생각이 들었습니다."

"아무래도 그렇겠죠?"

백포노인을 보면 자신도 모르게 '불알'을 먼저 연상하게
된 취의녀가 고개를 끄덕이며 공감했다.

이어서 기개세는 사부의 명에 따라서 천신록을 모두 외우
고 나서 불태웠던 일, 사부의 내단과 만년혈천수를 복용했던
일, 사부가 앉아 있는 뒤쪽에 표시된 옥벽을 손바닥으로 쳐서
그곳을 나오게 된 일 등을 자세히 설명해 주었다.

"만년옥정유는 복용하지 않았습니까?"

"그것이 좀……."

기개세는 고개를 갸우뚱하고 나서 네 사람에게 자신의 오
른손을 내보였다.

"아무래도 얘가 먹은 것 같습니다."

네 사람은 기개세의 손을 쳐다보고는 무슨 뜻인지 이해하
고 고개를 끄덕였다.

그들은 대정숙 전문 앞에서 기개세의 오른손이 옥수로 변
하는 것을 목격했었기 때문에 이해가 빨랐다.

또한 만약 그가 만년옥정유를 입으로 복용했다면 그런 현상이 일어나지 않는다는 사실을 잘 알기 때문이다.

"이것은 매우 중요한 질문입니다."

백포노인이 희고 긴 수염을 쓰다듬으며 운을 뗐다.

"천신록의 절학을 배우지 않았습니까?"

"그렇습니다."

"전대 태문주께서 천신록의 절학을 모두 익힌 후에야 천신동에서 나가라는 유시를 남기지 않으셨습니까?"

"그렇게 남겼습니다."

"그런데 왜 그러지 않았습니까?"

기개세의 대답은 간단했다.

"지겨워서요."

네 사람의 얼굴에 설핏 어이없다는 표정이 떠올랐다가 사라졌다.

"원래 천신록의 절학을 모두 연마해야지만 천신동에서 나올 수 있는데, 어떻게 그곳에서 나왔습니까?"

기개세는 오른손을 다시 들어 올렸다.

"조금 전에 말씀드렸잖아요? 이 오른손으로 표시된 옥벽을 부수니까 출구가 열렸다고 말입니다."

네 사람은 분명히 그 말을 들었으나 그때는 기개세가 천신록의 절학들을 연마해서 천옥신장으로 출구를 연 것이라고 짐작을 했었지, 옥수로 열었을 줄은 상상조차 하지 못했다.

“천신록의 절학 중에 연마한 것이 하나도 없습니까?”

기개세가 천신록의 절학을 연마하지 않았다면 실망할 법도 한데 네 사람은 조금도 그런 내색을 하지 않았다.

“요즘에는 천궁신결을 운공하고 있습니다.”

“천궁신공을 말입니까?”

“그게 천궁신공입니까?”

“그렇습니다. ‘결’ 이라는 것은 구결로만 있을 때이고, 운공을 시작했으면 ‘공’ 이 됩니다.”

“그렇군요.”

몇 마디 문답이 오간 후 잠시 침묵이 흐르더니 백포노인이 다시 진중하게 물었다.

“천궁신결을 시작해서 운공을 하기까지 얼마나 걸렸습니까?”

기개세는 기억을 떠올리느라 고개를 갸웃거렸다.

“글쎄… 아마 십이 일 정도 걸렸을 겁니다.”

“그렇게나 빠른 시일에…….”

슥—

“잠깐 실례하겠습니다.”

백포노인이 불쑥 손을 내밀어 기개세의 왼 손목을 잡았다.

이어서 검지와 중지 두 손가락을 모아 촌관척에 살며시 대고 진맥을 시작했다.

잠시 후 백포노인은 손가락을 떼며 적이 감탄했다.

"과연 천궁신공으로 운기된 진기가 체내에서 힘차게 흐르고 있군요."

그러자 다른 세 사람의 얼굴에 해연히 놀라움과 기쁨의 기색이 가득 떠올랐다.

천검신문의 전대 여덟 명의 태문주들은 모두 천재라고 불릴 만한 인물들이었다.

그럼에도 불구하고 그들이 천궁신결을 해석하여 최초의 운공조식까지 하는 데 소요된 시일은 평균 반년이었다고 기록되어 있다.

그런데 기개세가 불과 십이 일 만에 익혔다고 하니 놀라움을 넘어서 경악할 일인 것이다.

그렇지만 사실 기개세가 말한 십이 일은, 대정숙에 입교하기 전날에 하여상이 천궁신결을 해석해 주고 나서 한동안 잊고 있다가 대정숙의 첫 번째 과제인 낙성북두검법을 웬만큼 익힌 후에야 연마를 시작하여 끝내는 데 걸린 시일을 가리키는 것이다.

말하자면 실제로 그가 천궁신결을, 아니, 천궁신공을 운공하는 데 걸린 시간은 하루다.

그러나 기개세는 그 사실을 구태여 말하지 않았다. 별것 아닌 일로 이들을 또다시 놀라게 하는 것이나 시간을 지체하는 것이 싫기 때문이다.

그는 이들이 누군지, 천검신문과 어떤 관계가 있는 것인지 한시바삐 알고 싶었다.

그렇지만 일부러 묻지 않고 그들 스스로 말할 때까지 기다리기로 했다.

그때 백포노인이 허리를 꼿꼿하게 펴면서 자세를 바로 하고 옷매무새를 단정히 했다. 그러자 다른 세 사람도 엄숙한 표정으로 따라 했다.

이들 네 사람은 비로소 기개세가 천검신문의 제구대문주, 즉 태문주라는 사실을 확인한 것이다.

백포노인은 경건한 표정으로 기개세를 바라보며 감격스러운 일성을 토해냈다.

"주군(主君)!"

기개세는 움찔 놀랐다.

'주군?'

그것은 신하가 황제나 제후를 부를 때의 호칭이다. 그리고 무림에서는 맹주(盟主), 혹은 그에 준하는 위치의 인물에게 쓰이는 호칭이다.

"속하들은 대대로 천검신문의 태문주를 호위하는 천검사호문의 수장(首長)들입니다."

백포노인은 공손하게 약간 고개를 숙인 자세에서 웅혼한 어조로 말했다.

기개세는 마침내 사부 독고성과 천검신문에 얽힌 비밀이 풀리는 것을 느끼면서 아연 긴장하고 호기심이 충만하여 조심스럽게 물었다.

"당신들이 나를 호위한다는 말입니까?"

"말씀을 낮추십시오."

"알았소. 그러니까 당신들이……."

"말씀을 낮추셔야 합니다."

백포노인은 고집스럽게 요구했다. 하대를 하지 않으면 아무것도 진행하지 않겠다는 완고함이다.

기개세는 난감한 표정을 지었다.

과거에 그가 망나니였던 시절이 있었다고 해도 백포노인처럼 백발이 성성한 노인이나 담무혁, 나궁조 같은 인물에겐 함부로 대하지 못했었다. 하물며 예절을 알게 된 지금에야 더욱 그럴 수가 없는 일이다.

백포노인이 강인하면서도 엄숙한 얼굴로 쐐기를 박았다.

"황제는 신하에게 존대를 하지 않습니다."

"내가 황제라고?"

"그렇습니다. 무림황제(武林皇帝)이십니다."

기개세는 움찔했다가 곧 어이없다는 표정을 지었다.

"내가 무슨 황제라고… 농담하지 마시……."

"대대로 구대문파와 무림팔대세가, 그리고 무림의 수천 개의 방, 문파들이 천검신문의 태문주에게 복종하여 무림황제로 받들어왔습니다."

백포노인이 의연한 어조로 하는 말에 기개세는 적잖이 놀라는 표정을 지었다.

구대문파와 무림팔대세가를 비롯한 무림의 수천 방, 문파
들이 천검신문 태문주에게 복종하고 무림황제로 받들었다니,
기개세는 자신의 귀를 의심할 정도였다.

"그러므로 속하들에게 하대하심은 당연합니다."

기개세는 묘한 기분에 사로잡혔다. 그것은 마치 자신이 다
시 구화산 천신동에 들어가서 독고성 앞에 서 있는 듯한 기분
이었다.

그는 왜 그런 기분이 드는지 곧 이해했다. 독고성과 이들
네 사람은 천검신문 사람들이므로 누구를 대하든 같은 분위
기를 느끼기 때문이다.

천신동에서도 그랬듯이, 기개세는 꿈을 꾸는 듯한 기분을
떨쳐 버리기 어려웠다.

그러나 어쨌든 백포노인의 말을 계속 들으려면 그의 요구
대로 하는 수밖에 없다는 생각을 했다.

"아… 알았다."

그는 고개를 끄덕이며 어렵사리 첫 하대를 했다.

"음! 그… 러니까 너희들이 나를 호위한다는 것이냐?"

"그렇습니다."

이어서 백포노인은 천검신문의 역사에 대해서 설명했다.

사가(史家)들은 무림의 역사를 이천오백여 년이라고 하는
데 의견을 같이하고 있다.

그런데 천검신문의 역사는 무려 이천삼백여 년에 이른다. 이 땅에 무림이 태동한 후 불과 이백여 년 후에 천검신문이 생겨났으니, 무림과 천검신문의 역사가 궤(軌)를 함께하고 있는 것이다.

다시 말해서 천검신문은 무림이 정(正)과 사(邪), 마(魔)로 갈라지기 훨씬 오래전에 탄생한 것이다.

"천검신문은 이천삼백여 년 전부터 무림과 이 땅을 지켜왔습니다. 이천삼백여 년 동안 이 땅을 거쳐 간 수많은 열조(列朝)와 이루 헤아릴 수 없는 생명들을 어둠과 재앙으로부터 굳건히 지켜온 것입니다."

천검신문 역대 태문주들의 평균 수명은 이백 년이다. 그들은 모두 출신입화(出神入化)의 경지에 이르렀으므로 인간의 수명에는 구애를 받지 않는다.

즉, 더 살고자 마음만 먹는다면 몇백 년이고 마음껏 세상을 향유할 수 있었다는 뜻이다.

그런데도 그들이 스스로 최후의 안식처를 찾아 들어가서 자신의 내단을 꺼내고 후계자를 위해서 안배를 한 이후에 열반(涅槃)에 드는 이유는, 이미 자신의 대에서는 모든 것을 이루었기 때문이다.

더 이상 천검신문의 태문주로서 할 일이 없다는 것은, 불가의 최고봉에 오른 신승(神僧)이나 도가의 선인(仙人)이 스스로 열반하여 일체의 해탈 경지에 오르는 것과 다름이 없다.

또한 그것이 삼라만상(森羅萬象)에 순응하는 길인 것이다.

천검신문의 역대 여덟 명의 태문주들은 백 년 혹은 이백 년 간격으로 인세에 출현했다.

그리고 그때마다 무림은, 아니, 이 땅은 대혈풍이 몰아치기 직전이었다.

여덟 명의 태문주는 한 번 출현할 때마다 이 땅의 대혈풍을 잠재우고는 천하를 태평성대로 만든 후 다음 대를 위하여 스스로 열반에 들었던 것이다.

그러므로 제구대 태문주인 기개세의 출현은 머지않아서 이 땅에 대혈풍이 몰아칠 것이라는 사실을 예언하는 것이나 다름이 없었다.

“아… 천검신문이……”

천검신문의 탄생과 역사, 그리고 역대 태문주들의 명멸(明滅)에 대해서 한 시진 동안 설명을 듣고 난 기개세는 너무도 큰 감동과 충격을 받은 탓에 가슴이 먹먹해져서 헛소리처럼 중얼거렸다.

사실 그는 천검신문을 그저 그런 문파라고만 여겼었다. 사부 독고성에게 받은 것은 내단과 만년혈천수, 만년옥정유, 절대신검, 그리고 천신록이 전부다.

사부의 뒤를 이어서 천검신문의 구대문주가 되었으나, 문파도 수하도 없으며 무엇을 어떻게 하라는 가르침 같은 것은 한마디도 없었다. 그저 천신동에서 무공을 연마하고 나가라는 유시가 전부였었다.

그렇기 때문에 천검신문에 대해서 그다지 거창하게 생각하지 않는 것도 당연한 일이었다.

그런데 막상 천검신문을 수호하는 천검사호신의 수장이라는 인물들의 출현과 그들의 설명을 듣고 나니까 천검신문은 실로 엄청난, 아니, 그 정도로는 터럭만큼도 표현이 되지 않는 가공가경(可恐可驚)한 문파였다.

"주군이시여, 속하들 천검사신위(天劍四神衛)의 예를 받으시옵소서."

백포노인이 마치 천지신명께 아뢰듯 웅혼하게 외치면서 몸을 굽히자 다른 세 사람도 일제히 예를 취했다.

네 사람은 마치 신하가 황제를 대하듯 무릎을 꿇고 온몸을 납작하게 바닥에 붙였다.

"속하 도기운(途奇雲), 삼백여 년 만에 태문주를 영접하게 되어 무상의 영광이옵니다."

백포노인 도기운이 읊조리는데 목소리가 감격에 가득 차서 가늘게 떨렸다.

"속하 담무혁, 삼가 주군을 뵈옵니다."

"속하 나궁조, 현세에 주군을 모시게 되어 다시없는 광영입니다."

"속하 우지화(禹芝花), 주군께 목숨을 바치겠나이다."

네 사람, 즉 천검사신위 도기운과 담무혁, 나궁조, 우지화는 납작하게 엎드린 채 삼백여 년 만에 도래한 주군의 현신에 감격으로 몸을 떨었다.

기개세는 눈앞에서 벌어지고 있는 이 어마어마한 일을 현실로 받아들이기 위해서 필사적으로 노력했다.

비록 팔대문주 독고성이 천기(天機)를 살펴서 점지한 후계자가 기개세라고 해도, 그도 오욕칠정을 지니고 뜨거운 피를 지닌 인간이기에 치밀어 오르는 격동과 흥분을 다스리는 것이 결코 쉽지 않았다.

"일어나시오."

그는 한참 만에야 꽉 잠긴 목소리로 겨우 입을 열었다.

그런데 네 사람 천검사신위는 듣지 못한 듯 부복한 채 꼼짝도 하지 않았다.

기개세는 그들이 어째서 부동하고 있는지 깨달았다. 하대를 하지 않았기 때문이다.

우지화를 제외하곤 모두 할아버지나 아버지뻘 되는 사람들에게 하대를 하자니 마음이 편하지 않았다.

하지만 한껏 고조된 마음 때문에 그런 불편한 마음은 곧 스러져 버렸다.

"일어나라."

기개세의 목소리는 약간 떨렸다.

천검사신위는 조심스럽게 일어나 시립하는 자세로 섰다.

"각자 현재 무림에서 어떤 위치에 있는지 말하라."

기개세는 그들이 무림에서 어떤 위치에 있는지 궁금해서 그것을 제일 먼저 물었다.

도기운이 먼저 공손히 아뢰었다.

"속하는 태극문(太極門)의 문주입니다."

"에?"

기개세는 놀라서 눈을 동그랗게 떴다. 방금까지 지니고 있던 위엄이 순식간에 사라졌다.

그가 이상한 소리를 내는 바람에 천검사신위는 일제히 그를 쳐다보았다.

"호남 악양성(岳陽城)의 그 태극문을 말하는 거야?"

"그렇습니다."

"이런……."

"본 문을 아십니까?"

"알다마다. 내 태극문에 여러 놈……."

기개세는 말하다가 해서는 안 될 말이라는 것을 깨닫고 다급히 멈추었다.

"주군께서 어찌 본 문을 아십니까?"

"아… 아무것도 아냐."

기개세는 손사래를 쳤다.

"하지만 나중에 쪼끔 볼일이 있을 것 같군."

그리고는 한 가닥 말미를 남겨놓는 것을 잊지 않았다.

도기운은 복잡한 표정으로 기개세를 응시했지만 더 이상

묻지 않았다.

태극문이 있는 악양성은 기개세가 살던 무창성에서 장강을 따라 사백여 리 상류인 동정호 가에 있다.

태극문은 호남성의 패자다. 아니, 태극문을 단순히 그렇게만 표현하는 것에는 많은 무리가 따른다.

왜냐하면 무림팔대세가 중의 한 문파였다가 팔대세가의 문파 서너 개를 합쳐 놓은 것 정도의 세력과 영향력을 지니게 되어 스스로 팔대세가에서 탈퇴한 대문파가 바로 태극문이기 때문이다.

말하자면 태극문이라는 거대한 문파를 무림팔대세가가 수용하기에는 너무 벅찼다는 뜻이다.

따라서 태극문의 세력권은 악양성이 있는 호남성에만 국한되지 않는다.

태극문을 설명하는 말로써 가장 적절한 것이 있다.

—강북에는 구대문파가 있고, 강남에는 태극문이 있다.

그 말보다 더 극명하게 태극문을 설명할 수 있는 것은 없다.

태극문 하나를 구대문파 전체를 합친 것과 비교한 것이다.

물론 태극문이 구대문파 전체보다 클 수는 없다. 다만 그렇게 비견될 정도의 세력과 영향력을 지녔다는 뜻이다.

태극문의 막강한 영향력을 단적으로 설명할 수 있는 예가 하나 더 있다.

태극문은 천하에 칠십여 개의 지부(支部)를 거느리고 있으며, 그중 하나를 이웃하고 있는 호북성 성도인 무창성에 두고 있다.

그곳 태극문 무창 지부는 칠십여 지부 중에서도 가장 막강한 곳 중의 하나다.

왜냐하면 무창성 인근에 자리 잡고 있는 사도구련 총련을 견제하기 위해서다.

한 문파의 일개 지부가 거대한 사도구련 총련을 견제한다는 것은 어불성설일 수도 있다.

하지만 실제로 태극문 무창 지부는 그 일을 충실히 이행하고 있는 중이다.

물론 사도구련이 태극문 무창 지부를 쓸어버리려고 마음을 먹는다면 반나절 남짓에 마무리 지을 수 있다.

하지만 그렇게 되면 태극문과의 전쟁이 돼버린다. 천하사파의 총집합체인 사도구련이라고 해도, 태극문과의 전쟁은 원하지 않는다.

그렇지만 기개세가 기억하고 있는 태극문은 그런 거창한 이유 때문이 아니다.

그가 무창성 저자거리에서 삼 야차와 함께 염마당을 결성하여 굴러먹던 시절에, 그와 부하들을 진저리나도록 괴롭혔던 자들이 바로 태극문 무창 지부의 고수들이었던 것이다.

태극문 무창 지부는 무려 이백여 명의 쟁쟁한 고수들을 거느리고 있으며, 기개세의 염마당을 괴롭힌 자들은 그중에서도 최하 급에 속하는 고수들이었다.

그들의 임무가 무창성의 치안과 질서를 담당하는 것이기 때문에 유독 염마당만을 노린 것이 아니다.

무창성 내에서 꺼덕거리는 수많은 삼류 방, 문파와 하오문, 건달패들이 모두 그들의 치하에서 곤욕을 치르고 있었다.

기개세는 방금 도기운이 태극문주라는 말을 듣고는, 과거 자신들을 치가 떨리도록 괴롭혔던 무창 지부의 몇몇 최하급 고수들을 떠올린 것이다.

"너는?"

기개세는 화제를 바꾸려고 담무혁에게 물었다.

"속하는 북경성의 뇌룡문을 맡고 있습니다."

"뇌룡문? 팔대세가잖아?"

"그렇습니다."

"어이구야……."

기개세는 정신을 차리기는커녕 시간이 지날수록 더욱 몽롱해져만 갔다.

네 명의 수하 중에 두 명이 태극문주에 뇌룡문주라니, 너무 엄청나서 현실이라고는 믿어지지 않았다.

이번에는 나궁조가 깊숙이 허리를 굽혔다.

"속하는 낙양성 성검문을 맡고 있습니다."

"호오……. 너도 팔대세가인가?"

"그렇습니다."

기개세는 마지막 남은 우지화를 보며 눈을 빛냈다.

"설마 너도 팔대세가야?"

"그렇습니다, 주군."

"어디지?"

"취봉문입니다."

"뭐?"

기개세는 눈을 동그랗게 떴다.

"그럼 넌 우연하고는 어떤 사이지?"

"그 아이는 속하의 막내 여동생입니다."

우지화는 의미있는 미소를 지으며 대답했다.

"하아… 그것참!"

기개세가 대정숙 내에서 발족한 파벌 능소지의 막내인 우연이 새로 거둔 네 명의 수하 천검사신위 중 우지화의 막내 여동생이라니, 우연도 이런 우연은 신기할 따름이다.

第四十二章

양모(養母)와 친모(親母)

도기운은 보일 듯 말 듯 고개를 끄덕이며 전음을 보냈다.

[알았다. 나가서 대처하라.]

그는 방금 전에 같은 방에 있던 심복 수하로부터 하나의 보고를 받았다.

정체불명의 괴인물들 수십 명이 낙성검가로 접근해 오고 있다는 내용이다.

그의 명령이 떨어지자 실내 은밀한 곳에 있던 네 명, 즉 천검사신위의 심복 수하들이 소리없이 방을 빠져나갔다.

도기운은 낙성검가로 접근해 오고 있다는 자들이 누군지 대충 짐작이 갔다.

그들은 필경 낙양성에서 호시탐탐 천검신문의 태문주 후계자를 노리고 있는 혈룡궁의 옥마제와 적마제가 이끄는 마도의 무리일 것이다.

현재 낙성검가 주변에는 천검사호문에서 엄선된 일류고수 백여 명이 삼엄하게 안팎에서 지키고 있었다.

하지만 낙성검가 사람들이나 문하제자들은 추호도 그들의 존재를 모르고 있다.

만약 발각되었다면 그들을 천검사호문의 일류고수라고 할 수 없을 터였다.

기개세는 의자에 앉아 있고, 앞쪽 좌우에 도기운과 담무혁, 나궁조와 우지화가 두 명씩 나란히 서 있었다.

"주군, 대정숙을 나오시는 것이 어떻겠습니까?"

이윽고 도기운이 조심스럽게 의견을 제시했다.

"대정숙을?"

자신이 천검신문의 태문주가 되었다는 엄청난 사실이 아직도 실감나지 않는 기개세는 의아한 표정으로 도기운을 쳐다보았다.

"대정숙은 평범한 정파인들이나 입교하는 곳입니다. 주군께선 장차 무림황제가 되실 분이니 그에 마땅한 교육과 수련을 하시는 것이 옳습니다."

도기운의 말이 백 번 옳다. 천검신문의 태문주는 무림대사를 이끌고 결정해야 하는 신분이거늘, 대정숙에서 시일을 허비할 수는 없는 노릇이다.

정파의 모든 젊은이들에게는 대정숙 입교가 꿈이고, 그곳을 수료하는 것이 일생의 목표다.

그렇지만 기개세에게 대정숙은 너무 쉬운 곳이다. 입교하기 전에는 '과연 내가 대정숙에 입교하고 또 제대로 수료할 수 있을까?' 하고 조바심을 냈었던 게 사실이다.

그러나 막상 입교하여 한 달 동안 교육을 받아보니까 그가 지니고 있는 능력의 이삼 할만 사용을 해도 충분히 수료할 수 있다는 자신감을 갖게 되었다.

그것은 대정숙이 만만해서가 아니라 기개세의 능력이 워낙 출중하기 때문이다.

누구나 대정숙을 수료하지는 못하지만, 그래도 다수의 사람들이 수료를 하고 있다.

하지만 천검신문의 태문주가 되는 일은 오직 한 사람, 기개세만이 할 수 있다.

경천동지의 뛰어난 능력을 지닌 사람에게 다수의 사람들이 할 수 있는 일을 시키는 것은, 큰 그릇을 작은 것에 사용하는 대기소용(大器小用)의 우를 범하는 것이다.

기개세는 천신록의 절학들을 이제 겨우 천궁신공만 시작을 한 상황이니 하루속히 다른 것들을 연마하는 것이 시급하다.

사부 독고성이 삼백여 년 전에 천기를 읽고 현세에 후계자를 출현시켰다면, 그것은 머지않아서 천하에 대혈풍이 불어닥칠 것이라는 뜻이다.

그러므로 그전에 기개세는 무림황제로서 철저한 준비를 갖추어야만 한다.

하지만 그는 난감했다. 솔직히 능소지 친구들과 헤어지고 싶지 않았다. 또한 대정숙에서의 생활도 재미있었다.

무창성의 천덕꾸러기가 이제 겨우 세상에 나와서 사람다운 생활을 하며 친구다운 친구들을 사귀었거늘, 그들과 헤어져야 한다니 마음이 납덩이처럼 무겁고 착잡했다.

"대정숙을 그만두면 뭘 하지?"

당연한 의문이다.

"천검신문으로 가셔야지요."

기개세는 움찔 놀란 표정을 지었다.

"천검신문? 그런 곳이 따로 있었어?"

"그렇습니다."

처음 듣는 말에 기개세는 물씬 진한 호기심을 느꼈다.

"천검신문은 어디에 있지? 그곳은 어떤 곳이야?"

도기운은 빙그레 미소 지었다.

"위치는 알지만 속하들은 천검신문 안에 한 번도 들어가 본 적이 없습니다."

"어째서?"

"그곳은 오직 천검신문의 태문주 한 분만을 위해서 이천삼백여 년 전부터 준비된 곳입니다. 속하들 같은 범인이 어찌 감히 범접하겠습니까?"

"이… 천삼백 년 전부터……?"

기개세는 기가 질렸다. 사람의 수명이 육십 년이라면, 이천삼백 년은 삼십팔 평생을 살아야 하는 장구한 세월이다. 그 오랜 세월 동안 천검신문의 맥이 이어져 왔다는 사실에 새삼 존경과 경외감이 느껴졌다.

그는 전혀 새로운 사실에 놀라면서도 이해할 수 없다는 듯 고개를 갸웃거렸다.

"그럼 너희들 천검사호문은 대체 뭐지? 천검신문하고는 다른 것인가?"

"천검신문은 하늘이고 속하들은 땅입니다."

"하늘과 땅?"

"속하들은 바깥 세상의 잡다한 일들을 도맡아서 하고, 천검신문에 안배된 천인(天人)들은 주군을 최측근에서 보필할 것입니다."

"천인……."

기개세는 아연실색 놀랐다가 도기운 등 천검사신위의 표정을 살폈다.

내용이 너무도 엄청나서 혹시 그들이 자신을 놀리는 것이 아닌가 확인하려는 것이다.

하지만 천검사신위의 표정은 너무도 진지하고 엄숙했다.

"주군께선 천검신문에 가서서 봉인(封印)을 열고 그곳의 천인들을 거두시고 나면 비로소 온전한 태문주가 되시는 것입니다."

"그럼 아직은 태문주가 아니다?"

"그렇습니다."

그때부터 기개세는 길고 긴 장고(長考)에 들어갔다.

천검신문 태문주의 지위를 이어서 천신록을 연마하고 장차 불어닥칠 대혈풍을 미연에 방비하는 일은 그 무엇과도 비교할 수 없을 만큼 중차대한 사명이다.

하지만 그러자면 기개세가 지금까지 인연을 맺어왔던 그 모든 것들, 그리고 사람들과 단절을 해야만 할 것이다

'천검신문의 태문주라는 신분은 실로 고독한 것이로구나……'

마냥 좋은 것이 아니었다. 무림황제로서 한평생 죽을 때까지 절대자의 '절대고독'을 그림자처럼 안고 살아야만 한다.

거기까지 생각이 미치자 기개세는 가슴이 짓눌려서 터질 것처럼 답답해졌다.

이처럼 그저 생각하는 것만으로도 미쳐 버릴 지경인데, 막상 천검신문의 태문주로서 살아간다면 도저히 견딜 수 없을 것만 같았다.

구화산 천신동에서 사부 독고성에게 구배지례를 하고 사

제의 인연을 맺었을 때에는 이런 일이 있으리라고는 상상조차 하지 못했었다.

그렇다고 없었던 일로 무를 수도 없었으며, 딱히 후회하는 마음도 들지 않았다.

그의 골똘한 생각이 반 시진을 넘어가고 있었으나 천검사신위는 그 자리에 선 채 미동조차 하지 않았다.

시간은 해시(亥時:밤 10시)가 지나고 있었으나 기개세는 턱을 받친 채 생각을 끝낼 줄 모르고 있다.

초가 거의 다 타고 유등이 꺼지려고 하자 우지화가 새 초에 불을 붙이고 유등에 기름을 채운 후에 제자리로 돌아왔다.

이윽고 기개세는 턱에서 손을 떼고 천검사신위를 차례로 쳐다보며 물었다.

"천검신문에서 누가 내게 명령을 할 수 있나?"

"아무도 없습니다."

기개세의 물음이 이어졌다.

"천검신문의 천인이라는 사람들은 내 수하인가?"

"그렇습니다. 주군께선 천검신문의 절대자이십니다."

도기운이 차분히 대답을 했다.

기개세는 묵직하게 고개를 끄덕였다.

"그렇다면 내가 결정하면 아무도 거스를 사람이 없다는 것이로군. 그런가?"

"그렇습니다."

그렇게 대답을 하면서도 도기운과 세 사람은 왠지 모를 불안함이 엄습하는 것을 느꼈다.

그리고 그들이 미처 대처할 사이도 없이 불안함은 그 즉시 적중했다.

"나는 대정숙에 남겠다."

"주군……."

천검사신위는 움찔 놀라며 안색이 급변했다.

그러나 담무혁이 놀라서 입을 열다가 급히 말끝을 흐렸을 뿐, 아무도 이의를 제기하지 않았다.

그들은 주군의 말이 곧 천명(天命)이라는 것을 행동으로 보여주고 있었다.

기개세가 신비지처에 있는 천검신문으로 들어가서 봉인(封印)을 열고 천신록의 절학들을 완성한 후에 천인들을 이끌고 다시 무림에 출현해야 하는 것이 원래 지정된 길이다.

그런데 그가 대정숙에 남겠다는 것은 지정된 길을 따르지 않겠다는 뜻이었다.

또한 그렇게 하면 예상할 수 있는 위험들과 예기치 못한 여러 변수들이 장차 기개세와 천검사신위의 발목을 붙잡게 될 것이다.

그런데도 천검사신위는 아무런 반박도 하지 못했다. 절대 신위 앞에서는 단지 복종만이 있기 때문이다.

기개세는 굳은 듯 단호한 표정을 유지하며 말을 이었다.

"대정숙에서 천신록을 연마하겠어. 그 후 대정숙을 수료하고 나면 천검신문에 가지."

네 사람은 그것이 충분히 가능할 것이라고 생각했다. 기개세는 천기에 의해서 천검신문의 후계자로 지목된 천재 중의 천재이니까, 그가 대정숙의 공부를 하면서 천신록을 병행한다는 것을 그다지 염려하지 않았다.

그렇지만 천검신문의 후계자는 개인적인 생활이 없다. 누가 못하게 하는 것이 아니라 천하대소사를 처리하느라 그럴 겨를이 없기 때문이다.

또한 가장 큰 문제는 기개세의 존재가 마도오세에게 드러나 있으니 그만큼 위험 요소가 많고 크다는 사실이었다.

"너희는 어떻게 할 것이냐?"

기개세의 물음에 나궁조가 공손히 대답했다.

"속하의 성검문이 낙양에 있으므로 그곳을 천검사호문의 임시 총단으로 삼겠습니다."

기개세는 고개를 끄덕였다.

"알았어. 무슨 일이 있으면 성검문으로 사람을 보내겠다."

"그러실 필요 없습니다."

"어째서?"

"그저 누군가를 부르시기만 하면 됩니다."

도기운의 말에 기개세는 의아한 표정을 지었다.

"불러? 누굴?"

"천검사호문의 최고수 네 명이 주군 곁을 그림자처럼 지킬 것입니다."

"그림자처럼?"

기개세는 곤란하단 표정을 지으며 미간을 찌푸렸다.

"사생활을 침해하는 거잖아, 그거."

네 사람은 묵묵히 가만있었다. 뭐라고 말했다가 네 명의 그림자마저 물리칠까 봐 우려해서다.

그러나 기개세는 그것까지는 트집을 잡지 않았다. 천검신문의 태문주라는 막중한 신분인 자신에게 무슨 일이 생길까 봐 최측근에 두는 그림자들인데, 그들마저 마다하는 것은 지나친 독단이라고 생각했다.

그가 골똘히 생각에 잠기자 도기운은 그가 그림자들을 물리칠 궁리는 하는 것으로 오해하여 설명을 했다.

"마도오세가 주군의 출현과 주군께서 대정숙에 계신 것을 알고 있습니다."

"마도오세가?"

기개세는 적잖이 놀란 표정을 지었다. 그는 마도오세가 어떤 존재들인지 대충은 알고 있다.

무림을 삼 분(三分)하는 정, 사, 마 중의 하나인 마도오세를 모를 리가 없다.

“그렇습니다. 현재 마도오세 중 혈룡궁의 옥마제, 적마제가 낙양성에 들어와 있으며, 조금 전에 마도고수들 오십여 명을 이끌고 이곳 낙성검가를 공격했었습니다.”

“뭐야?”

기개세는 크게 놀라 벌떡 일어섰다. 그 말을 듣는 순간 이곳의 가족들과 능소지 친구들이 잘못되지는 않았는지 걱정이 더럭 앞섰다.

그러자 우지화가 생글생글 미소 지으면서 설명했다.

“낙성검가를 지키고 있는 천검사호문의 고수들이 이미 마도고수들을 격퇴시켰어요. 그자들은 낙성검가 담 안으로 한 발자국도 들여놓지 못했으니 안심하세요.”

“그… 래?”

얼마나 놀랐는지 기개세는 등골이 찌릿찌릿했다. 지금 이곳에는 그가 사랑하는 사람들이 모두 모여 있는데 공격을 받았다니 놀랄 수밖에 없다.

그는 여전히 온몸이 경직된 채 자리에 앉으며 물었다.

“마도오세가 내 신분을 어떻게 알고 있는 거지?”

“실은 속하들도 마도의 움직임을 보고 주군의 출현을 알게 됐습니다.”

그때 기개세는 퍼뜩 떠오르는 것이 있었다.

“아!”

대정숙으로 향하기 위해서 광화현의 낙성검가를 떠나 포

구로 가는 길에 낯선 세 명의 괴한에게 공격을 당했던 적이
있었다.

그때 그들은 절대신검 때문에 다짜고짜 공격을 했었는데,
이제 보니 그들이 바로 마도고수였던 모양이다.

기개세는 조바심이 났다. 자신의 안위 때문이라면 이렇게
까지 초조하지 않을 것이다.

"무슨 조치를 취해야 하지 않을까?"

낙성검가는 이제 겨우 자리를 잡았는데 또다시 이사를 갈
수는 없는 노릇이다.

설혹 이사를 가더라도 낙성검가라는 현판을 떼지 않는 한
마도오세들은 끝까지 찾아내고 말 것이다.

도기운이 시원한 해답을 내놓았다.

"낙성검가 전후좌우의 장원들을 매입해서 그곳에 천검사
호문의 고수들을 배치하겠습니다."

실로 명쾌한 제안이라서 기개세는 귀가 번쩍 뜨여 도기운
의 두 손을 덥석 잡았다.

"부탁해, 불알."

급한 나머지 이름보다 마음속에 담고 있는 생각이 먼저 튀
어나왔다. 아까 '불알' 이라는 말이 인상에 깊이 새겨져 있었
던 탓이다.

도기운의 얼굴이 꺼매졌다.

"푸핫핫핫핫!"

그러자 웃음 많은 우지화가 참지 못하고 또다시 침을 튀기면서 파안대소를 터뜨렸다.

"엄마."

기개세는 자신의 거처로 가다가 정원에 서 있는 하여상을 발견하고 깜짝 놀랐다.

"영아, 별일없었니?"

"설마 그때부터 지금까지 여기에서 기다리고 있었던 거야?"

"걱정이 돼서……."

기개세는 가슴이 뭉클했다. 그가 천검사신위를 만나러 들어가고 나서 족히 세 시진은 지났는데 그동안 하여상이 이 자리에서 기다리고 있었던 것이다.

"무슨 일이니? 뇌룡문의 백도장이 무슨 일로 널 만나려는 것인데?"

그녀는 기개세가 뇌룡문의 백도장을 만난 것이라고 철석같이 믿고 있었다.

천검사신위는 하여상은 물론 낙성검가 사람들에게 일체 눈에 띄지 않게 행동했다.

기개세는 방을 나오기 전에 자신이 천검신문의 태문주라는 사실을 아무에게도 말하지 않기로 작정했었다.

특별한 이유가 있는 것이 아니라, 주위 사람들이 그 사실을 알게 되면 기개세를 어려워하게 될 것이고, 여태까지와는 다르게 대할 것 같아서다. 어쨌든 지금보다는 훨씬 불편한 관계가 될 것이 틀림없을 것이다.

그렇다고 자신을 이처럼 염려하는 하여상에게 거짓말을 하고 싶지는 않았다.

"엄마, 나중에 얘기해 줄게."

하여상은 온화하게 미소 지으면서 말하는 기개세를 잠시 바라보았다.

그러나 서운한 표정은 아니다. 단지 그가 좀 변했다는 느낌이 들어서다.

원래도 대정숙에 입교하기 전과 한 달이 지나서 첫 외박을 나온 그가 많이 성숙해지고 점잖아졌다고 느꼈었는데, 지금은 세 시진 전에 비해서 더 많이 의젓해진 것 같았다.

"나쁜 일은 아니지?"

"하하! 물론이지. 엄마 아들이잖아."

하여상의 물음에 기개세는 껄껄 웃고는 냉큼 그녀를 등에 업었다.

"그 대신 업어줄게."

"어멋?"

기개세는 하여상을 업고 성큼성큼 걸어가며 궁둥이를 툭툭 두드리다가 문득 무창성 사도구련 총련의 모친 한송연이 생각났다.

돌이켜서 생각해 보니 모친이 자신에게 얼마나 지극 정성이었고 또 사랑했었는지를 알 수 있었다.

왜 그때는 그런 것을 까맣게 몰랐었는지 지금 생각해 보면 후회스럽기 짝이 없다.

철없는 개망나니 아들을 보면서 모친은 또 얼마나 가슴을 조이며 남몰래 울었겠는가.

'엄마…….'

밤하늘을 올려다보니 그곳에 모친 한송연의 모습이 둥근 달처럼 떠올랐다.

기개세는 모친의 웃는 모습을 거의 본 적이 없었다. 웃을 일이 없기 때문이었다.

그래서 그가 기억하는 모친의 모습은 늘 우울하고 걱정 가득한 모습뿐이다.

기개세는 양어머니를 업고 밤길을 걸으면서 친어머니를 그리워했다.

그는 태어나서 처음으로 어버이를 그리워하는 척호지정(陟岵之情)에 사로잡혔다.

너무 늦은 밤이어서 기개세는 친구들을 만나지 않고 자신의 방으로 들어갔다.

능소지의 친구들과 유석, 유정의 방은 모두 같은 전각 안에 있었다. 친구들이라고 하여상이 그렇게 배려를 한 것이다.

방에 들어선 기개세는 옷을 훌훌 벗고 아랫도리를 가린 속곳 하나만 입고는 절대신검을 머리맡에 두고 침상에 벌렁 누워서 두 팔을 머리 뒤로 돌려 깍지를 꼈다.

그리고는 오늘 있었던, 아니, 세 시진 전부터 일어났던 일에 대해서 곰곰이 생각에 잠겼다.

얼마나 시간이 지났을까. 그는 문득 소랑이 생각났다. 그가 대정숙에 있는 동안 필경 소랑은 대정숙의 방어망을 뚫지 못하고 밖에서 발만 동동 굴렀을 것이다.

그런데 한 달 만에 첫 외박을 나온 순간부터 조금 전까지 계속 사건 아닌 사건의 연속이어서 소랑이 기개세에게 접근할 겨를이 없었을 터였다.

아니, 천검사호문의 일류고수들이 낙성검가 안팎을 삼엄하게 지키고 있다면 이곳은 대정숙에 비할 바가 아닐 정도로 철옹성이다.

그런 곳을 아무리 소랑이라고 해도 뚫고 들어오기는 어려울 것이다.

"랑아."

기개세는 천장을 보면서 가만히 불러보았다.

그러나 잠시가 지나도록 소랑은커녕 바람 소리조차 들리지 않았다.

'역시……'

소랑이 기개세 곁을 떠났을 리가 없다. 불러도 그녀가 나타나지 않는다면 가능성은 한 가지다. 천검사호문 고수들 때문에 잠입하지 못하고 있거나, 잠입하다가 발각되어 그들에게 제압됐을 것이다.

"어이, 누구 있나?"

기개세는 자신의 주변에 늘 그림자처럼 머물고 있다는 네 명을 슬쩍 불러보았다.

그런데 그림자는커녕 유령조차 나타나지 않았다.

'뭐야? 내 지척 거리에 그림자들이…….'

"부르셨습니까?"

"어?"

그가 속으로 구시렁거리고 있을 때 느닷없이 머리맡에서 나직한 목소리가 들려서 움찔 놀라 벌떡 일어났다.

그가 쳐다보자 이십칠팔 세가량의 흑의경장을 입은 청년이 시립한 듯한 자세로 공손히 서 있었다.

언제 어디에서 어떻게 나타났는지 기개세는 추호도 감지하지 못했다.

"누구냐?"

흑의청년은 공손히 아뢰었다.

"속하는 나궁조의 아들 나신효(羅愼效)입니다."

그는 성검문주 나궁조의 아들로서 성검문의 최정예 고수들로 구성된 성검신대(聖劍神隊)의 대주다.

뇌룡문의 백도장이 뇌룡백도를 이끌고 낙양성에 와 있듯

이, 나신효는 성검신대를 이끌고 임무를 수행하고 있는 중이
었다.

"네가 그림자냐?"

"그렇습니다. 넷 중 하나입니다."

나신효는 감히 기개세를 쳐다보지도 못하고 고개를 숙인
채 공손히 대답했다.

"몇 살이냐?"

"스물여덟입니다."

"얼굴을 들어라."

나신효는 조심스럽게 얼굴을 들었으나 감히 기개세를 바
라보지 못하고 약간 눈을 내리깔았다.

그는 매우 준수하며 한눈에도 영웅호걸의 기상이 완연한
용모와 기개를 지니고 있었다.

평소에는 흑의를 입지 않지만, 밤중에 기개세를 은밀하게
호위하기 위해서 흑의를 입었다.

"혹시 머리카락과 눈알이 새빨간 조그만 계집아이를 본 적
이 있느냐?"

"못 보았습니다."

기개세의 물음에 나신효는 다시 고개를 숙였다.

"그런 계집아이가 있는지 알아보고, 있으면 내게 보내라.
그 아이는 내 여동생이니까 이후부터는 제지하지 않아도 된
다고 모두에게 전해라."

"명을 받듭니다."

기개세가 상체를 다시 침상에 눕히다가 쳐다보자 나신효는 이미 사라지고 없었다.

기개세가 잠이 살짝 들려고 할 때 가까운 곳에서 귀에 익은 목소리가 들려왔다.

"대공자."

오랜만에 듣는 소랑의 목소리에 잠이 깼으나 그는 반응하지 않고 가만히 있었다.

잠시 침묵이 흐르더니 다시 그 목소리가 조금 더 낮게, 그리고 정감있게 들려왔다.

"오빠."

그제야 기개세는 눈을 감은 채 빙그레 미소 지으며 덮고 있던 이불을 살짝 들추었다.

"이리 오너라, 자자."

슥…….

그러자 소랑이 소리없이 나타나 기개세가 들춰준 이불 속으로 들어왔다.

"무기 풀고. 편하게 자라."

소랑은 누우려다가 멈칫했다.

"너 아니더라도 날 지킬 사람들은 많으니까 염려하지 마라. 랑이 너는 단지 내 곁에 있는 것만으로도 족하다."

그녀는 잠시 가만히 있더니 침상 아래로 내려가서 어깨의 검을 풀어 머리맡에 놓고 옷을 벗고 나서 다시 침상으로 올라와 기개세 곁 이불 속으로 들어왔다.

기개세는 천장을 향해 똑바로 누웠는데, 소랑은 그를 향해 옆으로 누워서 말끄러미 그를 바라보았다.

젖먹이 때부터 기개세와 소랑은 거의 매일 하루 종일 한 몸처럼 붙어 지내며 모든 것을 함께했었다.

열 살 때 소랑이 요미선의 제자로 발탁이 될 때까지 두 사람은 단 하루도 그리고 한시도 떨어져 있지 않았었다.

그 시절 그 모습 그대로 소랑은 젖가리개와 속곳만 입은 채 기개세의 얼굴을 한참 동안이나 말없이 바라보았다.

지난 한 달 동안 보지 못했던 얼굴을 실컷 보려는 듯 눈도 깜빡이지 않고 응시했다.

그러다가 가만히 팔을 뻗어 기개세의 가슴에 얹었다.

그러자 기개세가 묵묵히 한쪽 팔을 뻗어주자 그녀는 예전처럼 팔베개를 했다.

두 사람은 아무 말도 하지 않았다. 말을 하지 않아도 두 사람이 만나고 몸이 닿는 순간 아는 것은 아는 대로, 모르는 것은 모르는 대로 좋았다.

소랑은 기개세의 방 천장에 잠입해 있다가 낯선 자들에게 발각되어 끌려갔던 일을 입 밖에도 내지 않았다.

그들이 누구며, 지금 기개세 주변에서 일어나고 있는 일들이 무엇인지도 묻지 않았다.

그저 그를 다시 만난 것만으로 행복했다.

예전 열 살 때 이전처럼…….

第四十三章
한 침상의 두 소녀

낙양성 내의 어느 장원.

낙성검가를 공격했다가 담을 넘어보지도 못하고 부상을 입은 옥마제와 적마제가 묵묵히 치료를 하고 있다.

옥마제는 옆구리와 엉덩이 아래쪽 허벅지를 찔리고 베였으며, 적마제는 온몸 대여섯 군데에 자상을 입었다.

그들은 오십여 명의 마도고수를 이끌고 낙성검가를 향할 때까지만 해도 절대신검을 갖고 있는 놈을 제압하면 어떻게 처리할 것인가에 대해서 의견이 분분했었다.

그러나 낙성검가에 당도했을 때 느닷없이 나타나 가로막으며 공격해 온 정체 모를 고수들 때문에 오십여 수하들 중에 삼십여 명이나 잃고 꽁지가 빠지게 도망을 쳐야만 했다.

절대신검을 갖고 있는 놈을 제압하기는커녕 아직도 낙성검가의 두 아들 중에 누가 표적인지 알아내지도 못했다.

"그놈들… 우릴 공격했던 놈들 말일세, 혹시 천검사호문 고수들 아니었나?"

먼저 치료를 끝낸 옥마제가 쿡쿡 쑤시는 옆구리를 쓰다듬으며 인상을 썼다.

"우리를 그처럼 형편없이 몰아붙일 놈들이라면 천검사호문 고수들밖에 없지 않겠나?"

"어느새 천검사호문이 나서다니……."

옥마제가 말끝을 흐렸으나, 적마제는 그 뒷말이 무엇일지 짐작할 수 있었다.

천검사호문이 나섰으니 이제 자신들의 능력만으로 천검신문의 후계자에게 접근하는 일은 물 건너갔다는 뜻이다.

"어떻게 하면 좋겠나? 다른 마도사세에게 도움을 청해야 하지 않겠어?"

적마제의 물음에 옥마제는 대답하지 않고 잔뜩 미간을 좁힌 채 생각에 잠겼다.

적마제는 옥마제에게서 시선을 거두고 바닥에서 일어나 탁자 쪽으로 걸어가며 중얼거렸다.

"설사 이 일에 혈룡십마제 전원이 동원된다고 해도 천검사호문이 등장한 이상 가능성이 없네. 천검신문의 후계자를 우

리가 잡아서 공을 세우는 것도 좋지만, 그러다가 소탐대실(小
貪大失)이 될 수 있어.”

　현재 낙양성에는 마도오세의 마도고수들이 대거 집결해
있는 상황이다.

　혈룡궁주 혈룡태마제가 다른 마도사세에게 천검신문 후계
자가 낙양성에 있으니 옥마제, 적마제와 힘을 합쳐서 일을 도
모하라고 연락을 했었던 것이다.

　그런데 옥마제와 적마제는 낙양성에 모인 마도사세에게
천검신문 후계자에 대한 정보를 함구한 채 자신들끼리 공을
차지하기 위해서 단독 행동을 해오다가 이런 꼴을 당하고 만
것이다.

　“더 늦기 전에 마도사세에게 알려서 공동으로 이 일을 해
결해야 하네.”

　적마제의 말에 옥마제는 끝까지 입을 다물고 바닥에 책상
다리로 앉은 채 눈썹을 역 팔자로 그리며 생각에 골몰했다.

　사실 그는 절대신검에 욕심을 품고 있었다. 이천삼백 년 전
에 만들어진 천검신문 태문주의 신물인 절대신검에 대한 전
설적인 소문은 너무도 많다.

　전설의 간장검(干將劍)과 막사검(莫邪劍)조차도 초라하게
만든다는 절대신검이다. 즉, 바위와 쇠를 두부처럼 자르는 강
하기 짝이 없는 검인 것이다.

　그뿐 아니라 절대신검을 다루는 방법에 따라서 보이지 않

는 무형검(無形劍)이 되기도 한다.

또한 무림에서 오직 천검신문의 태문주만이 시전할 수 있
다는 이기어검술(以氣御劍術)을 전개하기도 하며, 공력을 주
입하여 하늘로 던져서 검을 딛고 허공을 비행하는 어풍비검
행(馭風飛劍行)도 가능하다는 소문이다.

천검신문 태문주의 그런 신기(神技)를 본 사람들은 이미 오
래전에 죽었으므로 확인할 수는 없지만, 사람들의 입을 통해
서 절대신검에 대한 절세적인 소문은 아직까지도 인구에 회
자되고 있었다.

옥마제는 무슨 수를 써서라도 절대신검을 손에 넣고 싶은
것이다.

그렇게만 되면 지금보다 몇 배 고강해질 테고, 마도오세를
통째로 손에 넣을 수도 있을 것이다.

'역시 운예문주를 이용하는 방법뿐인가?

오랜 고심 끝에 옥마제는 속으로 중얼거렸다.

견취견(見取見)이다. 원래 사욕으로 머릿속이 꽉 찬 자들은
오로지 목적한 것밖에는 눈에 보이지 않는 법이다.

말하자면 옥마제는 님도 보고 뽕도 따는, 즉 소효령을 자신
의 여자로 만들면서 절대신검도 손에 넣으려는 꿈을 품고 있
는 것이다.

＊　　　＊　　　＊

역시 소옥군이 제일 먼저 이른 아침에 기개세의 방에 찾아
왔다.

지난밤에 그녀와 손진, 유정, 소효령 등은 기개세가 하여상
과 함께 방을 나간 이후 오랫동안 그를 기다렸으나 끝내 돌아
오지 않자 결국 자신들의 방으로 뿔뿔이 돌아갔었다.

소옥군은 모친 소효령과 한 방에서 지냈으나 침상은 각기
따로 사용했다.

소옥군은 밤새 거의 뜬눈으로 지새웠다. 기개세가 어딜 가
서 무엇을 하는지 골몰하면서 그가 돌아오는 기척을 들으려
고 귀를 쫑긋 세웠다.

그러다가 깜짝깜짝 놀라기를 반복했다. 자신이 밤잠을 설
쳐 가면서까지 기개세를 기다리고 있다는 사실 때문이었다.

기개세가 모친 소효령의 홍예장에 적중되어 숨이 끊어졌
을 때 그녀는 세상이 끝난 것 같은 절망감을 느꼈었다.

그리고는 밤을 새워 기개세를 기다리고 있는 자신을 발견
하고는 또 그것 때문에 고민하느라 잠이 오지 않은 것이다.

자신과 기개세에 대해서 논리적으로 정리를 하면 별로 떠
오르는 것이 없었다.

그녀가 우연히 기개세의 목숨을 구하게 되어 이후 함께 행
동했던 것과 대정숙에서 생활을 하면서 같은 파벌인 능소지
의 일원이 된 것.

그리고 틈만 나면 끊임없이 그녀의 몸을 만지려고 드는 기개세의 파렴치한 행동.

단지 그것뿐이므로 그녀가 이처럼 기개세에게 연연하는 이유로는 턱없이 부족했다.

논리적으로 설명되지 않는 것은 감정이다. 하지만 그 감정을 소옥군은 뭐라고 규정을 짓지 못하고 있었다.

그녀는 방문을 두드리거나 기척을 내려다가 기개세가 아직 자고 있을 것 같아서 그냥 방문을 열고 안으로 들어갔다.

창이 닫혀 있고 불은 켜지 않아서 실내는 어두컴컴했다. 그러나 침상에 반듯한 자세로 누워서 자고 있는 기개세의 모습은 또렷하게 보였다.

소옥군은 침상 가로 다가가서 기개세의 자는 모습을 물끄러미 굽어보았다.

무슨 좋은 꿈을 꾸고 있는지 벙글벙글 웃으면서 뭐라고 중얼거리는 모습이 영락없이 천진난만한 아이다.

그것을 보는 소옥군의 입가에 자신도 모르게 살포시 미소가 떠올랐다.

그녀는 가만히 손을 뻗어 기개세의 얼굴로 가져갔다.

그러다가 움찔 손을 뚝 멈추었다. 기개세를 만지려고 했다는 사실에 놀란 것이다.

하지만 결국 그녀는 다시 손을 내밀어 손끝으로 기개세의 이마를 살짝 만졌다가 곧 손바닥으로 이마와 머리카락을 부드럽게 쓸어 넘겼다.

그러고 있자 마치 자신이 기개세의 보호자라도 된 듯한 기분이 들었다.

그때 기개세가 부스스 눈을 떴다.

두 사람의 눈이 마주쳤다.

소옥군은 놀라지 않았다. 기개세의 이마를 쓸어주던 손을 멈춘 채 간밤에 늦게 와서 걱정했었다고 눈으로 말해주었다.

기개세가 빙그레 미소 짓는 것을 보고 소옥군은 그가 걱정해 줘서 고맙다는 것으로 받아들였다.

그래서 그녀는 별것 아니라고 다시 눈빛으로 말해주었다.

그때 이불 속에서 기개세의 팔이 불쑥 튀어나와 그녀의 허리를 휘감더니 슬쩍 힘을 주어 끌어당겼다.

기개세는 눈빛의 언어를 알아들은 것이 아니라 딴생각을 하고 미소를 지었던 것이다.

"아……."

풀썩!

기개세가 얼마나 교묘하게 허리를 잡아당기면서 쓰러뜨렸는지 그녀는 기개세와 얼굴을 마주 보는 자세로 침상 위에 누워버렸다.

또한 그녀가 눕자마자 이불이 덮어졌다. 그리고 기개세의 잔뜩 졸린 목소리.

"으하~ 암! 조금 더 자자……."

“…….”

두 사람의 닿을 듯이 마주 보는 얼굴이 손가락 한 마디밖에 되지 않아서 기개세의 입김이 고스란히 그녀의 얼굴로 훅! 하고 끼쳐 왔다.

그러더니 기개세는 천장을 향해서 똑바로 누우며 그녀의 허리를 안았던 팔을 위로 올려 자연스럽게 팔베개를 해주었다.

소옥군은 쓰러지는 그 순간부터 온몸이 얼음덩어리처럼 굳어져서 꼼짝도 하지 못했다.

자신에게 갑자기 일어난 일 때문에 몸은 몸대로, 정신은 정신대로 경직되어 버렸다.

더구나 지금부터 도대체 무슨 일이 일어날 것인지의 불안감 때문에 더욱 몸이 움츠러들었다.

소옥군은 급히 몸을 일으키려고 했다. 지금으로선 그럴 수밖에 없다.

“쿨…….”

그때 기개세가 가늘게 코를 고는 소리가 들렸다.

조심스럽게 쳐다보자 그가 조금 전처럼 입을 벙긋벙긋하면서 자고 있었다.

그 모습을 보고 소옥군은 온몸에 맥이 탁 풀렸다. 그는 방금 전에 ‘조금 더 자자’고 했다.

그 말을 액면 그대로 해석했어야 하는데 달리 생각한 그녀는 자신의 과잉 반응이 우스웠다.

　일어나려던 생각이 기개세가 잠들어 버리는 바람에 잠시 주춤해졌다. 그 대신 그를 말끄러미 바라보았다.

　한 이불을 덮고 가슴이 기개세의 어깨에, 배가 골반에 닿은 채 그녀는 가만히 그를 바라보고만 있었다.

　그의 체온과 숨소리가 생생하게 느껴졌다.

　아주 잠깐 동안이지만 마치 자신이 기개세와 부부가 된 듯한 착각이 들었다.

　'어머? 내가 무슨 생각을……'

　그녀는 화들짝 놀라 얼굴이 빨개졌다. 하지만 침상에서 나가지 않고 가만히 있었다.

　그렇게 한동안 있자니 졸음이 쏟아지기 시작했다. 기개세 때문에 밤잠을 설쳤다가 그가 무사히 잠자는 모습을 보니 전염된 것처럼 몰려드는 잠을 견디기 어려웠다.

　"……"

　잠에서 깬 소옥군은 살며시 눈을 떴다.

　바로 눈앞에 기개세의 매끈한 턱과 입술이 보였다.

　그녀는 자신이 기개세의 팔베개를 하고 잠이 들어버린 것을 기억해 냈다.

　그런데도 놀라거나 당황하는 마음은 들지 않았다. 오히려 오랜만에 푹 단잠을 자고 일어났다는 생각에 무척 상쾌하고

푸근한 기분이었다.

움직이고 싶지 않았다. 지금 자세가 너무 편해서 잠이 깼는데도 불구하고 좀 더 이대로 있고 싶은 마음이었다.

잠시 후 잠에서 완전히 깨자 그녀는 자신이 옆으로 누워서 기개세의 어깨를 베고 팔로 가슴을 안았으며, 한쪽 다리를 그의 몸에 올리고 있다는 사실을 깨달았다.

다리를 남의 몸에 올리다니, 그녀는 결코 그런 잠버릇이 없었다.

아니, 언제나 혼자 잤으므로 그런 일은 있을 수가 없었다.

그 사실에 적이 놀랐지만 당황되거나 어색하다는 느낌은 들지 않았다. 이것 또한 이상한 일이다. 이상하다는 생각이 들지 않다니…….

그런데 이상한 일은 곧 이해가 됐다. 아마도 지금 상태가 너무 편하기 때문일 것이다.

하지만 또다시 애매해졌다. 왜 기개세의 품 안에서 잠든 것이 편안한 것인지가 이해되지 않았다.

조금 더 시간이 흘러 몸의 감각과 의식이 되살아나자 두 가지 사실을 깨닫게 되었다.

팔로 그의 가슴을 안고 있기 때문에 젖가슴이 그의 가슴에 짓눌려 있다는 것과 그의 하체에 올린 다리의 무릎 부위에 이상한 감촉이 느껴지고 있다는 사실이다.

그래서 다리를 약간 움직여 보았다.

물컹!

무릎 아래에서 뭔가 묵직하고 튼실한 물체가 꿈틀 움직이는 것이 생생하게 느껴졌다.

그것이 기개세의 음경이라는 사실을 길게 생각해 보지 않아도 알 수 있었다.

누가 보는 것도 아닌데 소옥군은 얼굴이 새빨개졌다.

문득 예전에 기개세가 한여름에 더위를 먹어서 갈병에 걸렸을 때 혼절한 그의 사타구니 속에 똬리를 틀고 있는 뱀(?) 대가리를 힘껏 움켜잡고 뽑아버렸던 일이 떠올라서 그녀는 얼굴이 더 빨개지고 심장이 콩닥거려서 한참 동안이나 꼼짝도 하지 못했다.

그녀는 기개세가 깨지 않도록 최대한 조심하면서 몸을 움직이기 시작했다.

어깨에서 얼굴을 들고, 가슴에서 팔을 거두며, 하체에서 다리를 살며시 끌어내렸다.

"……!"

바로 그때 손끝에 무엇인가 닿았다. 그것은 살갗의 감촉인데 매우 따스했다.

손을 조금 더 움직이자 하나의 살덩이가 만져졌다. 그것은 틀림없는 손의 형태를 하고 있었다.

그런데 기개세의 손이라고 하기엔 지나치게 작고 섬세했다.

또한 옆구리 부위에 손이 있을 리가 없다.

슥……

소옥군은 가만히 이불을 약간 들어 올렸다.

"아!"

다음 순간 그녀는 짧은 비명을 터뜨렸다.

한 쌍의 새빨갛고 동그란 불길이 이불 속에서 이글거리고 있는 것을 발견한 것이다.

확!

놀란 그녀는 급히 상체를 일으키며 이불을 젖혔다.

그리고 보았다. 한 명의 작은 소녀가 기개세의 반대편 팔을 베고 이쪽을 보며 누운 자세에서 두 눈을 동그랗게 뜨고 빤히 소옥군을 바라보고 있는 모습을.

소옥군이 봤던 한 쌍의 새빨간 불길은 놀랍게도 작은 소녀의 눈동자였다.

소옥군의 놀라움은 이만저만한 것이 아니었다. 한 이불 속에, 그것도 기개세 건너편에 낯선 사람이, 게다가 여자가 누워 있을 줄은 꿈에도 예상하지 못했던 일이다.

눈동자가 빨간 소녀는 물론 소랑이다. 그녀는 아까 이른 아침에 소옥군이 기개세 옆에 누울 때 잠이 깨어, 그때부터 줄곧 이불 속에서 그녀를 지켜보고 있었다. 혹시 그녀가 기개세에게 해를 입힐지도 모른다는 생각에서다.

대정숙을 제외하고는 기개세의 곁을 한시도 떠나지 않는

소랑은 소옥군을 많이 봐왔었다.

하지만 그렇다고 해서 경계를 게을리하지는 않는다. 그것이 진정한 호위무사의 자세다.

소옥군은 소랑이 기개세의 팔을 베고 손을 가슴에 살짝 얹은 채 옆으로 웅크리고 누워 있는 모습을 보면서 이 상황을 어떻게 이해해야 하는지 정신을 차릴 수가 없었다.

소랑은 젖가리개와 속곳만 하고 있는 모습이다. 또한 기개세도 속곳만 입고 있어서 두 사람은 맨살을 부대끼면서 자고 있었던 것이다.

소옥군은 자신이 기개세 옆에 눕기 전부터 이 빨간 눈의 작은 소녀가 그와 함께 자고 있었을 것이라고 짐작했다.

소옥군은 자신에게서 한시도 눈을 떼지 않고 있는 소랑의 얼굴에서부터 발까지 천천히 살펴보았다.

소랑은 자그마한 체구지만 암팡지고 단단한 몸매다. 잘 익은 복숭아만 한 젖가슴과 잘록한 허리, 아담하고 귀여우며 탱탱한 엉덩이를 지니고 있었다.

"응… 뭐야?"

그때 기개세가 눈을 비비며 잠에서 깨어났다.

그는 놀란 얼굴로 앉아 있는 소옥군과 아직도 자신의 옆에 붙어 누워 있는 소랑을 번갈아 보면서 어떻게 된 일인지 짐작하고 싱긋 미소 지었다.

"군아가 랑이를 본 모양이군?"

그는 소랑을 가볍게 번쩍 들어 자신의 몸 위에 엎드리는 자세로 올려놓았다.

"영차. 이 녀석은 내 여동생이야."

소옥군은 뜻밖의 말에 적이 놀라는 표정을 지었다.

"정 매 외에 다른 여동생이 있었어요?"

유정 말고 다른 여동생이 있다는 말은 충격적이었다.

"응. 이 녀석은 갓난아기 때부터 나랑 한 몸처럼 붙어 지냈어. 내 분신이나 다름이 없지."

기개세의 말에 소랑은 너무 고마워서 가슴이 터질 것만 같았다.

마치 열 살 때 이전으로 돌아간 듯한 기분이었다. 그 당시가 그녀에겐 가장 행복했던 시절이었다.

그녀는 얼굴을 소옥군 쪽으로 향하고 있다가 반대쪽으로 돌려 기개세의 가슴에 댔다. 눈물이 흐를 것 같아서 감추려는 것이다.

기개세는 자신의 몸 위에 엎드려 있는 소랑의 궁둥이를 툭툭 치면서 소옥군에게 말했다.

"군아, 앞으로 랑이하고 잘 지내. 알았지?"

기개세의 말이 무슨 뜻인지는 알겠지만, 그래도 남녀가 유별한데 그가 소랑을 대하는 행동은 정도에서 많이 벗어났다는 생각이 들었다.

"엿차. 랑아, 이 언니는 오빠의 부인이 될 사람이야. 인사하도록 해라.”

기개세는 소랑을 번쩍 들어 소옥군을 향하도록 자신의 배 위에 앉혔다.

소옥군은 소랑을 보며 온화한 미소를 지었다.

“나는 소옥군이에요. 앞으로 친하게 지내요.”

그러나 소랑은 입을 꼭 다물고 소옥군을 빤히 바라보기만 할 뿐 입을 열지 않았다.

그녀의 머릿속에서는 ‘오빠의 부인’ 이라는 말이 계속 뱅글뱅글 맴돌고 있었다.

척!

소옥군은 침상 아래로 내려서서 소랑을 보며 차분한 어조로 덧붙였다.

“그리고 한 가지 알아둘 것은, 나는 이 사람의 부인이 될 사람이 아니에요.”

이어서 몸을 돌려 방을 나갔다.

그러나 기개세는 아무 말도 하지 못했다. 방금 그렇게 말하는 소옥군의 약간 쌀쌀맞은 듯한 모습이 너무도 예뻐서 눈이 멀고 귀도 멀어버렸기 때문이다.

“아아… 군아는 정말 너무 예뻐…….”

그날 늦은 아침에 기개세와 능소지의 친구들은 다 함께 성 내로 나섰다.

아니, 한 사람이 더 있다. 소옥군의 모친 소효령이 따라나선 것이다.

하지만 그녀가 함께 행동하는 것을 뭐라고 하는 사람도, 싫은 기색을 보이는 사람도 없었다.

이들 아홉 사람이 거리에 나서자 조금 과장을 섞어서, 거리의 기능이 완전히 마비되고 말았다.

낙양성 내 대로는 너비가 칠 장에 이를 정도로 넓다.

그렇지만 대로 양쪽에 점포들이 즐비하고 또한 좌판들이 늘어서 있기 때문에 실제 사람이 다닐 수 있는 폭은 삼 장 남짓에 불과했다.

앞에서는 기개세와 그의 좌우에 소옥군, 손진이, 그리고 그녀들 옆에 유정과 우연, 도합 다섯 명이 나란히 걸어가고 있으며, 뒤에는 진운상과 유석, 서주동 남자 세 사람이 따르고 있었다.

그리고 맨 뒤에서 소효령 혼자 외롭게 걷고 있었다.

기개세 삼 남매를 제외하고는 나머지 여섯 사람은 모두 낙양성이 객지라서 딱히 갈 만한 곳이 없었다.

아니, 기개세 삼 남매도 이곳으로 이사를 온 직후에 대정숙에 입교했기 때문에 타향이나 다름이 없다.

어쨌거나 낙양성에 대해서 전혀 모르는 아홉 사람이 명승지와 재미있는 것들을 구경하기 위해서 우르르 몰려나왔다.

그리고 그들, 나들이를 나온 선남선녀들의 출중하고 아리

따운 모습을 거리의 사람들이 넋을 잃고 구경하느라 난데없
는 혼란이 빚어지고 있었다.

그런 상황이 벌어지는 것은 조금도 이상한 일이 아니었다.

절세가인인 소옥군을 비롯하여, 절강성을 들었다 놨다 하
는 미모의 소유자인 손진.

자그마하고 가냘픈 체구이며 아직 어린 나이지만, 깨물어
주고 싶을 만큼 뽀얗게 예쁘고 귀여운 우연.

그리고 그동안 광화현 시골구석에만 틀어박혀 있느라 아
직 미명을 세상에 알리지 못한 숨은 진주 유정까지, 네 소녀
가 일렬로 나란히 대로를 활보하는 광경은 사람들의 이목을
잡아끌기에 부족함이 없었다.

더구나 그녀들 모두 어깨에 한 자루씩 검을 뗐으며, 선녀처
럼 긴치마를 입은 소옥군을 제외한 세 소녀가 날렵한 경장 차
림을 한 무인의 모습이라 시선을 더 모았다.

그리고 소옥군과 손진이 양쪽에서 기개세의 팔을 잡아 가
슴에 꼭 안고 있으며, 그 양쪽의 우연과 유정도 계속 기개세
를 보면서 종알종알 참새처럼 떠들고 있어서, 행인들은 기개
세를 부러움과 질투의 시선으로 보고 있었다.

기개세는 행인들의 그런 반응을 아는지 모르는지 입가에
봄바람처럼 부드러운 미소를 떠올린 채 소녀들과 담소를 나
누며 의젓하게 걸어가고 있었는데, 그 모습이야말로 군계일
학에 다름 아니었다.

괜히 기분이 좋아져서 어깨가 들썩거리는 기개세는 대정
숙에서 공부를 하는 동안 배운 글귀 하나를 읊조렸다.

"청송군자절(靑松君子節)이고, 녹죽열녀정(綠竹烈女貞)이로
구나. 하하하!"

풀이하자면, '푸른 소나무는 군자의 절개요, 푸른 대나무
는 열녀의 정절이다' 라는 뜻이다. 지금 거리를 활보하고 있
는 자신들의 모습을 비유한 것이다.

소옥군은 늠름한 그의 옆얼굴을 보면서 배시시 아름다운
미소를 지었다.

그것을 보고 기개세가 빙긋 웃었다.

"괜찮았어?"

소옥군은 살며시 눈을 내리깔면서 대답 대신 가슴에 안고
있는 그의 팔을 조금 더 힘주어 안았다.

사실 그녀가 그의 팔을 잡고 있는 이유는 달리 있었다. 거
리에서 자신의 엉덩이를 만지거나 파렴치한 행동을 할까 봐
아예 미연에 방지하느라 팔을 꼭 붙잡고 있는 것이다.

그녀가 그렇게 하자 머뭇거리던 손진도 금세 따라서 했고,
지금은 너무 행복해서 당장 죽어도 여한이 없을 듯한 표정을
얼굴 가득 떠올리고 있었다.

뒤따르고 있는 진운상과 유석, 서주동은 소녀들에게 둘러
싸여 있는 기개세를 조금도 질투하거나 못마땅한 표정을 짓
지 않았다.

그들에게 있어서 기개세는 사랑의 연적(戀敵)이나 경쟁자
가 아니라 끝없이 도움과 우정을 나누어주는 맹우(盟友)이기
때문이다.

앞선 기개세와 소녀들, 진운상 등과는 달리 뒤에서 혼자 따
르고 있는 소효령은 너무도 쓸쓸한 얼굴이었다.

그녀는 바로 앞의 세 청년들의 어깨너머로 보이는 기개세
의 뒷모습에서 한시도 눈을 떼지 않고 있었다.

진운상들 때문에 기개세의 모습이 보이지 않게 되면 급히
좌우로 방향을 바꿔서 그를 보려고 애썼다.

기개세를 바라보는 그녀의 두 눈에는 그리움과 애절함과
안타까움이 복잡하게 가득 담겨 있었으며, 입가에는 쓸쓸한
미소가 머금어져 있었다.

사실, 그녀는 저승에 한 발자국을 들여놓았다가 기개세에
의해서 소생했다는 사실을 알게 된 그 순간부터 그를 목숨보
다 더 사랑하게 되었다.

딸의 남자친구를 사랑한다는 것은 말도 안 되는 일이라는
것을 소효령은 너무도 잘 알고 있었다.

만약 자신이 기개세를 사랑하는 일을 멈추지 않을 경우에
장차 어떤 일이 벌어질 것인지에 대해서도 셀 수 없이 많은
생각을 해보았다.

그녀는 현재의 자신이 사랑이라는 이름의 호랑이 등에 올
라탄 형국이라고 생각했다. 즉, 기호지세(騎虎之勢)다.

호랑이는 너무 빠르게 달려서 뛰어내릴 수가 없다. 설혹 뛰어내린다고 해도 호랑이에게 잡아먹히고 말 것이다.

기개세에게 향한 사랑은, 아니, 열정은 그녀조차도 제어할 수 없을 만큼 빠르게 곤두박질 치고 있으며, 그 사랑을 그만둘 경우에는 이 세상을 살아갈 아무런 희망도 낙도 없으므로 스스로 목숨을 끊을 수밖에 없다.

아니, 자결을 하지 않아도 바싹바싹 말라비틀어져서 죽고 말 것이다.

옥마제 조경오라는 자가 그녀를 농락할 때, 그것이 십팔 년 만에 찾아온 사랑이라고 여겼었다.

그런데 그것이 거짓이며, 자신의 목숨을 살린 기개세가 진정한 사랑이라는 사실을, 그가 홍예장에 적중되어 죽었다가 다시 살아난 순간 깨달았다.

그가 그녀를 살리는 과정에서 옷을 벗기고 온몸을 만지고 주물렀다는 사실도 어느 정도 작용을 했다.

그것이 이삼 할 정도를 차지한다면 나머지 칠팔 할을 차지하고 있는 이유는 그녀조차도 모르고 있다.

그냥 사랑하는 것이다. 그를 얻지 못하면 애가 닳아서 목숨이 다할 정도로…….

'엇?'

연신 벙글벙글 미소 지으면서 절세의 소녀들에게 둘러싸여 걷고 있던 기개세는 어느 순간 움찔 가볍게 놀랐다.

그의 시선은 전방의 우측 길가에 고정되었다.

물결처럼 흐르고 있는 행인들 사이에서 하나의 낯익은 얼굴이 시야에 들어왔기 때문이다.

'형곤!'

그렇다. 그는 틀림없는 형곤이었다. 무창성 염마당의 삼야차 중 일야차인 형곤이다.

무창성에 있어야 할 그가 이곳에 모습을 나타내다니, 기개세는 적잖이 놀랐다.

'무슨 일이 생긴 것인가?'

무창성 시절에 기개세는 하오문주인 형곤, 철웅, 고태 세 사람과 친구가 되어 염마당을 결성, 삼 년여가 다 되도록 그들과 지옥에서 천당으로 생사고락을 함께했었다.

그렇지만 지금의 기개세는 과거의 개망나니 기개세가 아니다. 그는 변했다, 변해도 너무 많이 변했다.

그래서 형곤도 여러 미소녀들에게 둘러싸여 걷고 있는 기개세를 발견하고는 선뜻 다가서지 못하고 있는 것일 게다.

어쨌거나 기개세는 형곤을 발견하고 반가움을 금치 못했다.

현재의 그가 어떤 신분이 됐든, 얼마 전까지만 해도 생사고락을 함께하던 친구를 다시 만나게 된 사실은 반갑기 그지없는 일이었다.

자신의 신분과 입장이 변했다고 해서, 옛날 친구를 모른 체하는 일 따윈 기개세로선 절대로 하지 못하는 성격이다.

그렇지만 그는 소옥군과 손진의 팔을 뿌리치고 당장 형곤에게 달려가지 못했다.

예전의 그였다면 이런 상황에서 무조건 형곤에게 달려가 얼싸안고 재회를 만끽했을 것이다.

하지만 그러는 것은 이쪽 능소지의 친구들이나 형곤 둘 다에게 별로 바람직하지 않은 일이었다.

무창성을 떠난 기개세는 서너 달 만에 이처럼 생각이 깊은 사람으로 변모한 것이다.

그는 재빨리 형곤에게 따라오라는 눈짓을 보냈다.

삼 년여 동안이나 기개세와 간담상조(肝膽相照)하고 지냈던 형곤이 그의 눈짓을 알아보지 못할 리가 없다.

그는 멀찌감치 거리를 두고 행인들 사이로 이동하면서 기개세를 따랐다.

第四十四章

무창성의 옛 친구들

기개세는 함께 어울려 있는 능소지 친구들 틈에서 빠져나
오는 것이 쉽지 않았다.

잠깐 동안 형곤을 만날 생각이라면 얼마든지 시간을 낼 수
있겠지만, 일단 형곤을 만나게 되면 오래 지체해야 할 것 같
아서 능소지 친구들에게 미리 포석을 깔아두어야만 하기 때
문이다.

그렇게 해서 결국 기개세는 낙수 강가의 어느 근사한 주루
에 친구들을 남겨둔 채 나중에 낙성검가에서 만나기로 하고
빠져나올 수 있었다.

그때가 신시(申時:오후 4시) 무렵이니까 밤까지 두세 시진

은 여유가 생겼다.

"형곤, 무슨 일이 있느냐?"

기개세는 주루에서 멀찍이 떨어져서 성내로 향하는 대로의 어느 골목으로 꺾어져 들어가 멈춘 후, 잠시 후에 따라 들어온 형곤을 보면서 진중하게 물었다.

형곤은 그런 기개세를 잠시 묵묵히 응시했다. 사실 그는 오랜만에 만난 기개세를 보고 약간의 혼란을 겪고 있었다. 예전하고는 달리 기개세가 너무 점잖아졌기 때문이다.

예전의 그였다면 오랜만에 만난 형곤을 붙잡고 반갑다고 펄펄 뛰면서 온갖 설레발을 다 피웠을 것이다.

그렇지만 사실 기개세는 형곤을 만나 기쁜 마음이 이루 헤아릴 수 없을 정도로 컸다.

하지만 형곤이 갑자기 낙양성에 나타난 이유가 친구들에게 무슨 일이 벌어졌기 때문일지도 모른다는 초조함이 더 크기 때문에 반가움을 표현하는 것을 자제하고 있는 것이다.

아니, 예전이었다면 그런 궁금증이나 초조함마저도 안달을 부리면서 빨리 말하라고 성화를 부렸을 것이다.

어쨌든 그가 변한 것은 맞다. 하지만 형곤이 우려하는 쪽으로 변한 것은 아니다.

이윽고 형곤은 공손히 허리를 굽혀 예를 취했다.

"금비라, 그동안 별고없으셨습니까?"

무창성에서도 기개세에게는 언제나 깍듯했던 형곤이다.

금비라. 참 오랜만에 들어본 무창성에서의 호칭이다.

기개세는 마음이 조금 풀어져서 빙그레 미소 지으며 고개를 끄덕였다.

"그래. 무슨 일이냐?"

평소 무뚝뚝한 형곤이지만 오랜만에 기개세를 만나 얼굴에 은은하게 반가운 표정을 떠올렸다.

"저희는 잘 있습니다."

"잘 있다고?"

형곤이 불쑥 낙양성에 나타난 것을 보고 필경 무슨 일이 있을 것이라고 짐작했었는데 잘 있다니까 기개세는 어리둥절해졌다.

평소에 감정을 잘 드러내지 않는 형곤이 기개세를 만난 반가움에 엷은 미소를 지으면서 말문을 열었다.

"저희들 세 명은 모두 낙양성에 올라왔습니다."

"모두? 철웅과 고태도 말이냐?"

"그렇습니다."

형곤은 조금 긴장을 하면서 조심스럽게 물었다.

"금비라께서 안 계시는 무창성은 저희들에게 아무런 의미가 없습니다. 그래서 저희들도 이곳 낙양성에 뿌리를 내려볼까 하는데… 금비라 생각은 어떠십니까?"

"어떠냐고?"

“네.”

형곤은 기개세가 불과 서너 달 전의 그가 아니라는 사실을 첫눈에 알아보았다.

눈이 뒤집힐 정도의 절세미녀들에게 두 팔을 맡긴 채 청년 영웅들을 이끌고 의기양양하게 거리를 활보하면서 뭇사람들의 시선을 한 몸에 모으던 그의 모습은 정말이지 무창성의 개망나니 기개세가 결단코 아니었다.

형곤도 생각이 있는 사람이다. 그렇게 변해 버린 기개세가 과거 무창성에서의 일들과 염마당의 삼 야차 따월 모두 잊어버렸다고 해도 그를 나무랄 수 있는 처지 또한 못 된다.

다만 그의 처분에 맡길 뿐이다. 기개세가 없는 무창성이 싫어서 낙양성에 따라서 올라왔는데, 이곳에서 기개세가 자신들을 귀찮아한다면 별수없이 다시 무창성으로 돌아갈 수밖에 없는 것이다.

물론 그를 원망할 생각은 추호도 없다. 그만큼 그를 좋아하기 때문이다.

척!

기개세는 두 손으로 형곤의 어깨를 와락 잡으며 환한 웃음을 터뜨렸다.

“하하하! 어떻기는? 나야 무조건 환영이다! 너희가 내 근처에 있으면 얼마나 위로가 되겠느냐?”

그제야 비로소 형곤의 얼굴이 풀어지면서 가슴이 울컥하

고 진동을 일으켰다.

'금비라의 속마음은 하나도 변하지 않으셨구나……!'

그는 기개세가 지식과 무공을 쌓고 근사한 여자와 친구들을 많이 사귀었을지언정 마음은 예전 그대로라는 사실을 깨닫고 기쁨으로 가슴이 요동을 쳤다.

"철웅과 고태는 어디에 있느냐? 가자! 그 녀석들도 보고 싶구나! 하하!"

기개세는 삼 야차가 낙양성에 올라온 이유를 알게 되고는 큰 염려를 덜어낸 듯 환하게 웃었다.

"금비라."

그런데 기개세가 골목 밖으로 나가려고 하자 뒤에서 형곤이 조용히 불렀다.

돌아보는 기개세는 형곤의 얼굴에 난감한 표정이 흐릿하게 떠올라 있는 것을 발견하고는 뭔가 또 다른 일이 있다는 것을 직감했다.

"왜 그러느냐?"

원래 형곤은 말을 빙빙 돌려서 하지 못하는 뻔뻔한 성격인데도 지금은 매우 난감해하고 있었다.

"금비라, 사실은… 여자들도 올라왔습니다."

"여자들? 누구?"

"쌍봉루의 여자들입니다."

기개세는 움찔 놀라는 표정을 지었다.

“가란과 설화쌍봉이 왔다는 말이냐?”

“그렇습니다.”

“그녀들이…….”

형곤은 기개세가 그다지 놀라지 않고 침착한 것을 보고 예전의 촐싹거리며 가벼웠던 성격이 완전히 사라졌다는 사실을 깨달았다.

예전의 그였다면 지금 같은 상황에 호들갑을 떨고 난리법석을 부렸을 것이다.

“그녀들은 지금 웅과 태하고 함께 있으니까 금비라께서 가서서 왜 왔는지 직접 물어보십시오.”

“알았다. 앞장서라.”

기개세는 고개를 끄덕이고 천천히 거리로 걸어나갔다.

형곤은 그를 슬쩍 보면서 한순간 복잡한 표정을 지었다.

그가 변했을 것이라고 예상하지 않은 것은 아니다. 한데 예상보다 더 많이 변한 듯해서 형곤은 마음이 심란했다.

물론 변하기 전의 예전 기개세가 형곤을 비롯한 삼 야차에겐 훨씬 좋다.

기개세의 변화가 자신들 삼 야차도 변화시킬 것이라는 예상 때문에 형곤은 편하지 않은 마음으로 총총히 골목 밖으로 달려나갔다.

낙양성 내 대로변의 제법 격조 높은 주루의 이층 객방에 다섯 사람이 앉아 있었다.

둥근 탁자의 한편에는 무창성 쌍봉루의 루주인 가란과 그녀의 양옆에 설화쌍봉이 앉았으며, 맞은편에는 철웅과 고태가 앉아 있다.

탁자에는 제법 푸짐하고 맛있는 요리와 술이 차려져 있었으나 먹고 마신 흔적이 별로 없다.

그렇다고 이들이 배가 고프지 않은 것은 아니다. 아침을 건너뛴 후에 점심 식사를 하려고 이곳에 들어와서 요리와 술을 시켰으나 먹는 사람이 없었다.

주루에 들어오기 전에는 다 먹고살자고 하는 일이라면서, 먹고 힘을 내야지만 기개세를 찾을 수 있다고 서로를 위로하기도 했었다.

그렇지만 막상 요리와 술이 나오자 다들 배는 고픈데 먹고 싶은 생각이 들지 않았다.

여북하면 커다란 덩치 때문에 보통 사람들보다 서너 배는 더 먹어야만 하고, 한 끼만 굶으면 어지러워서 헛것이 보인다며 앓아눕는 철웅마저도 입맛이 없다면서 입을 굳게 다물고 있겠는가.

이 모든 것이 기개세 때문이다.

아니, 무창성에서 이곳까지 삼천여 리 멀고도 먼 길을 오로지 기개세를 만나기 위해서 왔는데, 만나기는커녕 만날 방법조차 없기 때문이다.

두 달 반쯤 전에 기개세는 형곤, 가란 등과 마지막으로 하룻밤을 보냈었다.

그때 그는 자신이 낙성검가로 가서 양자의 신분을 빌려 대정숙에 입교할 것이라고 설명을 해주었었다.

그러면서 넉넉잡아 두 달 정도면 대정숙을 수료하고 무창성으로 돌아올 수 있을 테니까 기다리고 있으라며 큰소리를 떵떵 쳤었다.

형곤은 광화현으로 향하는 배에 기개세를 태워서 보낸 후에 무창성으로 돌아가자마자 이리저리 수소문하여 대정숙이라는 곳에 대해서 알아보았다.

그 결과 대정숙이라는 곳은 아무리 기개세라고 해도 절대로 한 달 만에는 수료할 수가 없으며, 명문세가의 천재라고 불리는 사람쯤 되어도 최소한 삼사 년은 대정숙에서 교육을 받아야지만 최종시험에서 통과한다는 사실을 알게 되었다.

다시 말하면, 기개세는 대정숙에 대해서 아무것도 모르고 있으며, 그가 무창성에 다시 돌아오려면 최소한 삼사 년은 기다려야 한다는 뜻이었다.

그 즉시 형곤은 철웅, 고태와 상의를 했다. 그 결과 무창성에서의 생활을 접고 낙양성으로 갈 것을 합의했다.

그리고는 쌍봉루를 찾아가서 자초지종을 설명한 후에 서둘러서 길을 떠날 채비를 했다.

그런데 쌍봉루의 가란과 설화쌍봉도 함께 가겠다고 따라

나선 것이다.

형곤과 철웅, 고태는 무창성의 기반을 완전히 접고 새로운 생활을 하기 위해서 낙양성으로 가는 것이다.

그런데 쌍봉루주 가란은 아무런 말도 하지 않은 채 가타부타 세 남자를 따라나섰다.

이후 출발을 한 여섯 사람은 낙양성에 오기 전에 먼저 광화현의 낙성검가로 찾아갔었다. 아직 그곳에 기개세가 있나 싶어서였다.

그런데 청천벽력 같은 사실을 알게 되었다. 낙성검가가 감쪽같이 사라져 버린 것이다.

아니, 잡초에 뒤덮인 폐가의 모습을 하고 있는 장원은 그 자리에 있었으나 그곳에 있어야 할 기개세와 낙성검가 사람들은 한 명도 보이지 않았다.

광화현 사람들에게 수소문해 보았으나 낙성검가 사람들의 행방에 대해서 아는 사람은 한 명도 없었다.

하여상이 빚을 갚은 후에 아무에게도 알리지 않고 이사를 갔으니 당연한 일이었다.

결국 형곤 일행은 기개세가 대정숙에 입교할 것이라는 유일한 사실, 그리고 희망 하나만을 믿고 광화현을 출발하여 어제 늦은 오후에 낙양성에 입성을 한 것이다.

그들은 제일 먼저 대정숙으로 달려갔다. 행여 기개세를 만날 수 있는 방법을 찾을 수 있지 않을까 해서였다.

하지만 굳게 닫힌 전문 앞에서 두 시진 넘게 오락가락하는 동안에도 대정숙 전문은 열릴 줄을 몰랐으며, 대정숙 사람은 아무도 만나지 못했다.

그것은 대정숙이나 기개세에 대해서 아무것도 알아내지 못했다는 뜻이었다.

다만 그날이 대정숙의 정기적인 외박 일이며, 아침에 대정 생도들이 나갔다는 사실만 대정숙 전문 건너편에서 장사를 하는 사람들에게서 겨우 알아냈을 뿐이다.

막막했다. 그리고 캄캄했다.

멀고도 먼 낙양성까지 기개세 하나만 믿고 불원천리 달려왔거늘, 기개세를 만나기는커녕 일말의 소식조차 들을 수가 없으니 이들 여섯 사람은 마치 망망대해의 거친 풍랑 속에서 표류하고 있는 조각배에 타고 있는 듯한 심정이 되었다.

그나마 위로가 되는 한 가지는 대정숙이 매 열흘마다 외박 일이 있다고 하니, 다음 열흘째 되는 날 아침에 대정숙에 찾아가면 기개세를 만날 수 있을 것이라는 한 가닥 희망이 남아 있다는 사실이었다.

하지만 열흘 동안 무작정 기다릴 수만은 없는 노릇이라서, 아까 이곳 주루에 들어오고 나서 정오가 조금 지났을 무렵에 형곤과 철웅, 고태 세 사람이 기개세를 찾겠다고 무작정 밖으로 나갔었다.

그런데 두 시진이 지난 후에 철웅과 고태는 기진맥진해서

주루로 돌아왔는데, 지금 네 시진이 되어가고 있는 시각인데
도 형곤이 오지 않고 있는 것이다.

그렇게 속이 숯덩이처럼 바짝바짝 타고 있는 판국에 어찌
밥인들 목으로 넘어가겠는가.

가란과 설봉은 힘없이 앉아 있고, 철웅과 고태는 탁자 건너
맞은편의 활짝 열어놓은 창밖 저 멀리 붉게 타오르고 있는 석
양을 착잡한 표정으로 쳐다보고 있었다.

고향이나 타향이나 석양빛은 어디서나 시뻘겋게 붉기는
마찬가지다.

다만 화봉 혼자만 의자를 끌어다가 창가에 앉아서 창틀에
턱을 괴고 하릴없이 거리를 물끄러미 굽어보고 있었다.

"헉!"

그때 갑자기 화봉이 숨이 막히는 듯한 신음 소리를 냈다.

네 사람은 흐릿한 눈길로 화봉을 쳐다보았다. 힘도 없고 인
내심도 바닥을 드러냈기 때문이다.

"저… 저기……!"

그런데 화봉은 화살이 심장에 꽂힌 듯 뻣뻣해진 온몸을 떨
면서 의자에서 벌떡 일어나 아래쪽 거리를 가리키면서 말을
잇지 못했다.

그러나 네 사람은 화봉의 얼굴만 보고서는 아무것도 알아
낼 수가 없었다.

그녀가 짓고 있는 표정이 기쁨인지, 절망인지, 슬픔인지,

충격인지, 도저히 구분을 할 수 없었기 때문이다.

그러나 곧 화봉의 눈에서 폭포수처럼 눈물이 쏟아졌다.

그러더니 온몸을 격렬하게 떨면서 비로소 얼굴에 더할 수 없는 기쁨과 격동의 표정이 가득 떠올랐다.

그리고 까칠한 입술 사이로 간신히 흘러나온 한마디.

"기… 기 대가……."

"뭐어?"

"정말?"

"기, 기 대가라고?"

그 한마디에 네 사람은 의자를 뒤엎고 자빠지고 넘어지면서 한꺼번에 창가로 우르르 몰려들었다.

그리고는 화봉이 바들바들 떨리는 손으로 가리키고 있는 거리를 일제히 쳐다보았다.

거기에 두 사람이 행인들 속에서 이쪽으로 걸어오고 있는 모습이 보였다.

앞선 사람은 형곤이고, 뒤따르는 사람은 꿈에서조차 그리워하던 바로 그 사람 기개세가 분명했다.

기개세의 온몸에서는 광채가 뿜어지고 있었다. 그래서 저 넓은 거리에서 그의 모습만 보였다.

삼천여 리 먼 길과 두 달 반의 세월을 그는 빛나는 모습으로 성큼성큼 건너오고 있었다.

누가 먼저랄 것도 없이 창가에 매달린 다섯 사람 모두 펑펑 눈물을 쏟아내고 있었다.

여자들은 물론이고, 울보 고태 역시 말할 것도 없으며, 우직한 철웅마저도 닭똥 같은 눈물을 콸콸 쏟았다.

"기 대가!!"

제일 먼저 가란이 찢어지는 듯한 목소리로 외쳤다. 그 외침은 아마도 그녀가 평생 가장 크게 내지른 외침일 것이다.

그것이 신호인 듯 다른 네 사람도 악을 쓰듯, 절규를 하듯 부르짖었다.

"기 대가!"

"대형!"

"대공자!"

호칭은 각기 다르지만, 혼신의 힘을 다해서 외친다는 것과 그 속에 그리움과 반가움을 가득 담고 있다는 점에서는 똑같았다.

그때 기개세가 이쪽을 쳐다보았다.

다섯 사람은 미친 듯이 고함을 지르면서 손을 흔들었다.

가란과 화봉이 아예 창밖으로 뛰어내리려는 것을 철웅과 고태가 간신히 붙들었다.

기개세는 창가에 매달린 다섯 사람을 향해 손을 흔들면서 환하게 웃었다.

"하하! 너희들이로구나!"

창가의 사람들은 이것이 꿈인지 생시인지 눈물을 닦고 눈을 비비면서 두세 번 기개세의 모습을 확인했다.

그들은 기개세를 맞이하러 가려고 방문으로 달려가면서도 설봉의 모습이 보이지 않는다는 사실을 미처 깨닫지 못하고 있었다.

그들이 긴 낭하를 달려나가서 기개세의 모습을 다시 발견한 곳은 이층 계단에서였다.

그런데 그곳에 설봉이 한 마리 나비처럼 선녀 같은 옷자락과 치마를 나풀거리면서 기개세를 향해 달려가고 있는 모습이 보였다.

설봉은 아무 말도 하지 않았다. 아니, 할 수가 없었다. 그녀는 그저 한시바삐 기개세의 품으로 뛰어들어 안겨서 펑펑 울고만 싶을 뿐이었다.

"하하하! 이 녀석 설아!"

이층에 올라선 기개세가 설봉을 발견하고 두 팔을 활짝 벌리며 웃었다.

뒤따라서 올라온 형곤은 그 모습을 보는 순간 과거 무창성에서의 금비라를 보는 듯한 착각을 일으켰다.

와락!

목이 메어서 아무 말도 할 수가 없는 설봉은 몸을 날려 기개세의 품으로 뛰어들었다.

번성현 포구에서 김이 모락모락 나는 만두 다섯 개를 싼 비단 손수건에 자신의 검지손가락을 베어 그 피로 사모할 '戀'

자를 써주었던 무창성의 얼음미녀 설봉이다.

기개세를 너무도 사랑하지만, 천성적인 성격 탓에 한 번도 표현을 하지 못했던 그녀가 지금 이 순간 정인의 품에 뛰어들어 온몸을 떨고 있었다.

그녀는 두 팔로 기개세의 목을 끌어안고 두 다리로는 그의 허리를 휘어감은 채 비 오듯이 눈물을 쏟으며 뺨을 비비고 말없이 흐느끼기만 했다.

"흐흐흑……"

기개세는 받쳐 안고 있는 설봉의 궁둥이를 두드리면서 껄껄 웃었다.

"하하! 잘 있었느냐, 설아?"

설봉은 지금의 심정을 뭐라고 표현할 수가 없었다. 가슴이 터져 버릴 것만 같고 온몸이 조각조각 분해되어 흩어져 버리는 것만 같았다.

"기 대가!"

그때 가란과 화봉이 비명을 지르듯이 외치면서 달려와 기개세에게 안겨들었다.

제일 좋은 위치(?)를 선점한 설봉을 위시해서 가란과 화봉이 기개세의 좌우에서 안겼다. 아니, 달라붙었다.

기개세는 양팔을 들어 올려 가란과 화봉을 팔뚝에 앉혔으며 두 손으로는 설봉의 궁둥이를 받쳤다.

세 여자는 기개세를 끌어안은 채 얼굴을 비비고 우느라 난리법석이 아니었다.

한 걸음 늦게 도착한, 아니, 여자들에게 선두를 양보한 철웅과 고태는 기개세 옆에 서서 반가움의 눈물을 흘리며 어쩔 줄 모르는 표정이었다.

주루 이층 계단 근처에서 난데없이 눈물의 상봉이 벌어지자 실내를 거의 메우고 있던 손님들은 어리둥절해하거나 신기한 표정으로 쳐다보았다.

한바탕의 극적인 재회를 요란하게 치른 후에, 기개세를 비롯하여 가란 등 세 여자와 형곤 등 삼 야차는 처음에 있던 객방에 모였다.

세 여자 중에서 항상 기득권이 있는 가란은 앉아 있는 기개세의 다리를 활짝 벌리고 그 사이에 앉아 등을 그의 가슴에 붙인 편안한 자세였다.

설화쌍봉은 기개세의 양쪽에 앉았는데, 설봉은 그저 다소곳한 자세고 반면에 화봉은 그의 팔을 두 팔로 그러안듯이 잡아 가슴에 꼭 안은 채 죽어도 떨어지지 않을 듯한, 그리고 행복한 표정을 짓고 있었다.

세 여자는 모두 무창성에서 기개세와 더할 나위 없이 친했으며 볼 것 못 볼 것 다 알고 지내던 사이다.

또한 세 여자 모두 그를 진심으로 목숨처럼 사랑하고 있다.

그러므로 그와 함께라면, 그리고 그를 위해서라면, 무슨 짓인들 못할 리가 없었다.

누가 보거나 말거나, 몰상식하든 변태, 엽기적이라고 해도 기개세가 좋다고만 하고 또 원하면 무엇이든지 서슴없이 할 각오가 되어 있는 여자들이었다.

또한 이들 세 여자가 기특한 점 하나는 서로 질투를 하지 않고 기개세를 혼자 독차지하려고 욕심을 부리지 않는다는 사실이다.

만약 그랬더라면 기개세는 지금처럼 그녀들을 좋아하지 않았을지도 모른다.

그 모습을 보고 있는 형곤은 예전 무창성의 기개세를 보는 것만 같아서 가슴이 훈훈했다.

가란은 비스듬히 눕듯이 기개세의 등에 기대서 지그시 눈을 감고 있었고, 설화쌍봉은 그의 어깨에 고개를 기댄 채 어깨와 팔과 가슴, 뺨, 입술, 코, 머리 따위를 만지고 쓰다듬느라 여념이 없었다.

기개세의 어디가 그렇게 좋은지, 세 여자의 너무도 행복해하는 모습은 얼마 전까지만 해도 절망에 빠져서 다 죽어가던 것과는 천양지차다.

"그래, 너희는 낙양성에서 무슨 일을 하고 싶으냐?"

이윽고 기개세가 맞은편에 앉은 형곤과 철웅, 고태를 보면서 잔잔한 목소리로 물었다.

"저희는 그저 금비라와 함께 있을 수만 있다면 그것으로 족합니다."

형곤이 공손히 대답하자 철웅과 고태는 크게 고개를 끄덕이며 공감을 표했다.

"나와 함께 있고 싶다?"

"네."

"알았다."

그때 가란이 힐끗 왼쪽의 화봉을 쳐다보다가 눈을 살짝 크게 떴다.

화봉이 자신의 허리를 안고 있는 기개세의 왼손을 살며시 잡아서 상의를 들어 올려 옷 속으로 밀어 넣는 것을 발견한 것이다.

그런 것을 마다할 기개세가 아니다. 그는 곧 화봉의 젖가슴을 부드럽게 어루만지면서 유두를 살짝살짝 비틀면서 가지고 놀았다.

세 여자 중에서 가장 크고 풍만한 젖가슴을 갖고 있는 화봉은 몸을 움찔움찔 떨면서 입을 반쯤 벌린 채 눈을 감고 속눈썹을 가늘게 떨었다.

그녀는 등을 기개세 쪽으로 향해서 기대어 있기 때문에 그가 젖가슴을 만지는 것은 형곤들이 있는 곳에서는 전혀 보이지 않았다.

'흥!'

가란은 속으로 살짝 냉소를 치고는 살며시 두 손을 뒤로 돌려 기개세의 음경을 붙잡았다.

지난번 번성현에서 그녀들 세 여자가 기개세와 함께 잘 때 음경이 딱딱하게 커진 것을 보고 고구마니 뱀이니 떠들면서 밤새 갖고 놀았던 적이 있었다.

그러나 가란이 단독으로 기개세의 음경을 목표로 삼는 것은 지금이 처음이었다.

그렇지만 그녀는 조금도 망설이지 않았다. 예전의 그녀는 그런 행위를 할 의사가 없었을 뿐이지, 그러겠다고 마음만 먹으면 언제든지 행동으로 옮길 수 있다.

기개세와 이들 세 여자는 워낙 허물이 없는 사이라 어떤 행동을 해도 서로 놀라지 않는다.

"……!"

가란은 두 손 가득 묵직한 감촉을 느끼면서 더욱 눈을 지그시 감았다.

그러다가 그녀가 조금 더 용기를 내서 구렁이 담 넘어가듯이 아예 괴춤 속으로 손을 넣어 조물락거리는 데에도 기개세는 표정 하나 변하지 않았다.

"란아."

그때 기개세가 가란을 조용히 불렀으나 그녀는 딴 데 정신이 팔려 있느니라 듣지 못했다.

그녀의 앞쪽에 나란히 앉아 있는 세 남자의 시선이 일제히 그녀에게로 향했다.

"루주, 금비라께서 부르시잖소."

"에?"

형곤이 엄숙한 표정으로 부르자 가란은 반쯤 입을 벌린 채 게슴츠레한 눈으로 형곤을 쳐다보았다.

철웅이 가란을 보면서 의아한 표정을 지으며 물었다.

"왜 침을 흘리는 거요? 무슨 일이 있소?"

"헤헤… 일은 무슨……."

그러면서도 가란은 엄청나게 단단하고 커져서 자신의 등허리를 쿡쿡 찌르는 무엇인가를 두 손으로 꼭 잡은 채 놓지 않았다.

"너희 셋은 날 보러 온 것이냐?"

기다려도 대답을 하는 사람이 없자 설봉이 대답했다.

"기 대가, 란 언니는 무창성의 쌍봉루를 그만두고 이곳 낙양성에 기루를 개업하려고 해요."

"응?"

그것은 전혀 예상하지 못했던 일이다. 현재의 쌍봉루는 바야흐로 무창제일루라고 불리며 순풍에 돛을 단 배처럼 번창일로를 치닫고 있는 중이었다.

그런 쌍봉루를 그만두다니, 돈을 갈퀴로 긁어모으는 것이 싫다는 말로밖에 들리지 않는다.

"왜? 무창성보다 이곳이 돈벌이가 더 나은가?"

다른 쪽으로는 머리가 빠르게 회전하지만 이런 쪽으로는

젬병인 기개세는 의아한 표정을 지었다.

꽉!

그때 기개세는 음경에서 은은한 통증을 느꼈다. 가란이 두 손으로 힘껏 쥐었기 때문이다. 그런 것도 짐작을 못하냐는 그녀의 작은 응징이었다.

"우린 기 대가 곁에 있고 싶어요."

그나마 제정신인 설봉이 수줍은 듯 얼굴을 붉히면서 설명을 해주었다.

"너희들……."

기개세는 세 여자의 갸륵함 때문에 가슴이 짠해지는 것을 느끼고 말을 잇지 못했다.

"란 언니는 낙양성의 시세와 물정 등을 두루 살펴보고 나서 적당한 장소가 잡히면 무창성으로 돌아가서 쌍봉루를 정리할 계획이에요."

"흠……."

기개세는 화봉이 자지러질 듯 몸을 활처럼 뒤로 젖히면서 할딱거리는 것도 모르는 채 무의식적으로 그녀의 유두를 두 손가락으로 살살 비비듯 문지르며 골똘히 생각에 잠겼다.

"알았다."

그러다 다섯 호흡쯤 지나자 화봉의 상의에서 손을 빼고, 가랑이 사이에 앉은 가란의 가느다란 허리를 두 손으로 잡아서 반짝 들어 올려 왼쪽의 화봉과 자신 사이에 앉혔다.

가란과 화봉이 무척이나 아쉬운 표정을 짓고 있는 이유를
설봉이나 형곤 등은 알지 못했다.

"신효."

문득 기개세는 나직이 중얼거렸다.

갑자기 그게 무슨 말인가 싶어서 가란과 형곤 등은 어리둥
절한 표정을 지었다.

척!

그러자 두 호흡이 지나기도 전에 문이 열리며 나신효가 성
큼성큼 들어섰다.

기개세를 제외한 삼남삼녀는 느닷없이 나타난 준수한 백
의청년을 발견하고는 놀라움을 금치 못했다.

기개세가 나신효를 부른 데에는 이유가 있었다. 그가 이곳
낙양성의 패자인 성검문의 후계자이기 때문에 낙양성에 대해
서 잘 알 것이라는 생각에서다.

어젯밤에 기개세가 불렀을 때에는 밤이라서 흑의를 입었
으나, 지금은 낮이라 백의경장을 입은 나신효의 훤칠한 모습
은 단연 군계일학이었다.

나신효는 기개세 뒤쪽에 멈추고는 공손히 허리를 굽혔다.

"하명하십시오."

"들었느냐?"

"네."

이곳에서 하는 대화를 다 들었느냐는 뜻인데, 기개세의 그

림자를 자처하는 그가 못 들었을 리가 없다.

"낙양성에서 규모가 크고 일류로 분류되는 기루들이 모여 있는 곳이 어디냐?"

"대정숙 뒤편으로 흐르는 낙수(洛水)를 오 리쯤 거슬러 올라가면 낙수가 서북쪽에서 흘러오는 윤수(潤水)와 합쳐지는 장소가 있습니다."

"음."

"그곳을 양수하(兩水河)라고 하는데 그곳에 수십 개의 기루들이 모여 있으며 천하에서도 내로라하는 명성을 날리고 있다 합니다."

"합니다? 네가 가본 것은 아니고?"

"속하는 가본 적이 없습니다."

골수 정파인 나신효가 가본 적이 없다고 하면 없는 것이다.

그는 이십삼 세가 될 때까지 무공과 학문밖에는 몰랐고, 지금은 한 가지를 더 알고 있다.

바로 사랑하는 아내와 네 살짜리 금쪽같은 아들이다. 그는 혼인하여 첫날밤에 아내에게 동정을 바쳤을 정도로 대쪽같은 사내다.

"그곳에 기루 하나를 짓도록 주선해 줘."

"기루를 새로 짓습니까?"

"그렇다."

"비용은 얼마가 들어도 상관이 없다. 양수하라고 했던가?

그곳에서 제일 크고 좋은 기루보다 서너 배쯤 더 큰 기루를 세워야 한다.”

평소에 놀라움이라고는 모르는 나신효지만 지금은 그럴 수가 없었다.

느닷없이 기루라니, 그것도 양수하에서 제일 큰 기루보다 서너 배나 더 큰 기루를 지으라니 놀랍기도 하지만 어이가 없는 일이었다.

그 정도 기루를 지으려면 대충 계산해도 금화 삼사만 냥은 족히 들 것이다.

하지만 주군의 명령이 곧 천명이다. 나신효는 어떻게 해서 그 막대한 금액을 마련할 것인지에 대해서는 생각할 겨를도 없이 공손히 허리를 굽혔다.

“명을 받듭니다.”

기개세는 고태에게 물었다.

“태야, 그거 갖고 있지?”

몇 달 전에 무창성에서 그에게 주었던 보석함을 가리키는 것이다.

“그럼요, 대공자.”

고태가 환하게 웃으며 대답하자 기개세는 그를 가리키면서 나신효에게 지시했다.

“저 친구에게 대진전장을 가르쳐 주어 돈을 교환할 수 있도록 하고, 공사에 필요한 돈을 받도록 해.”

이 상황에서 낙양성에서도 소문난 강심장 나신효는 조금 전보다 더 놀라고 말았다.

그는 고태를 쳐다보았다. 얼굴이 희고 갸름하며 또한 곱상해서 어린 소녀처럼 보이는 그가 금화 수만 냥을 마음대로 주무른다는 사실이 믿어지지 않았다.

그러나 그는 곧 놀라움을 씻어냈다. 지금 그가 모시고 있는 사람은 장장 삼백여 년 만에 현세에 출현한 천검신문의 문주다.

불가능을 가능하게 만드는 절대자인 것이다. 그런 그가 무엇인들 이루지 못하겠는가.

나신효는 문득 부친 나궁조가 했던 말을 떠올렸다.

"천검신문의 태문주는 전지전능(全知全能)하시다."

지금 나신효가 보고 있는 사람은 머지않아서 태문주에 등극할 봉추(鳳雛)인 것이다.

"기 대가……."

가란과 설화쌍봉은 얼굴 가득 감격과 고마운 표정을 떠올리며 기개세를 바라보았다.

그녀들은 무창성에서 낙양성까지 삼천여 리 먼 길을 한 달여 동안 오면서 겪었던 무수한 고초들이 지금 이 자리에서 한 순간에 씻은 듯이 사라지는 것을 느꼈다.

과연 그녀들의 믿음은 헛되지 않았다. 모든 것을 다 버리고 기개세를 찾아온 보람을 열 배 이상 받았다.

그렇다고 기개세가 이렇게 해줄 것이라고 기대하면서 찾아온 것은 아니다. 그랬기에 그의 배려는 더욱 가슴이 아리도록 고마운 것이었다.

가란은 환한 미소를 지었다.

"이제 저희가 무창성에 돌아갔다가 쌍봉루만 정리하고 오면 되겠군요."

그 말을 듣고 기개세는 나신효를 쳐다보았다.

"네 동료 세 명 중에 무창성에 대해서 잘 알고 있는 사람이 하나 있겠지?"

"그렇습니다."

"불러오고 넌 물러가라."

나신효는 허리를 깊이 굽힌 후 방을 나갔다.

가란들과 형곤들 여섯 사람은 도대체 나신효가 누군지 몹시 궁금했다.

그들이 보기에 나신효는 외모만으로도 무림고수, 아니, 이름난 일류고수가 분명했다.

또한 그런 인물이 기개세를 마치 황제를 대하듯 설설 기는 것을 보고 놀라움을 금치 못했다.

"기 대가, 방금 그 사람 누구예요?"

역시 이럴 때는 여자가 묻는 편이 좋다. 가란이 몹시 궁금

한 얼굴로 방금 나신효가 나간 방문을 쳐다보며 물었다.

척!

그때 기개세가 대답하기도 전에 방문이 열리면서 또 다른 인물이 들어섰다.

그는 삼십오륙 세 정도의 나이에 남의단삼을 입었으며, 시커먼 구레나룻을 기르고 턱과 입 주변에 짧고 검은 수염을 기른 사내였다.

곰의 어깨처럼 단단하고 딱 벌어진 어깨와 잘록한 허리, 억세고 다부진 체구를 지녔으며, 한눈에도 패도적이며 용맹한 기상이 물씬 풍겼다.

남의인은 기개세 뒤쪽으로 와서 포권을 하며 깊숙이 허리를 굽혔다.

"도격(途格)입니다."

"흑!"

순간 고태가 다급한 헛바람 소리를 냈다.

모두의 시선이 일제히 고태에게 집중됐다.

고태는 마치 귀신을 본 듯 혼비백산한 표정으로 남의인 도격을 보면서 안색이 창백하게 질렸다. 너무 놀란 나머지 말도 하지 못했다.

형곤은 고개를 갸웃거리며 도격에게서 시선을 떼지 않았다. 얼굴은 낯설지만 이름은 어디선가 들어본 듯했다. 그러나 입속에서만 뱅뱅 맴돌았다.

하지만 기개세는 고태가 왜 그러는지 짐작할 수 있었다. 도격이 누군지 알기 때문일 것이다.

도격이 누군지 알아보는 사람은 더 있었다. 수많은 사람들을 접하는 것이 직업인 가란과 설봉이다.

화봉은 기억력이 썩 좋지 못한 편이어서 들어도 며칠이 지나면 잊어버리기 일쑤다.

하지만 가란과 설봉은 쌍봉루에 드나드는 많은 무림인들과 무창성의 유지들 입을 통해서 '도격'이라는 이름을 자주 들었었다.

하지만 고태와 가란, 설봉은 도격이 누군지에 대해서는 입을 열지 않고 크게 놀란 표정을 지은 채 그를 주시하고 있을 뿐이다.

기개세는 가란을 가리키며 도격에게 물었다.

"이 사람을 아느냐?"

"알고 있습니다."

쌍봉루주 가란은 무창성에서 제법 유명하기 때문에 도격이 그녀를 아는 것이 이상한 일은 아니다.

기개세는 고개를 끄덕였다.

"잘됐군. 그럼 네가 이 사람 대신 무창성의 쌍봉루를 처분해라."

"명을 받듭니다."

도격은 공손히 허리를 굽혔다.

이어서 그가 조심스럽게 방을 나가는 모습을 가란과 설봉, 고태는 얼굴에 경악지색을 가득 떠올린 채 지켜보았다.

도격이 나가자 이번에도 역시 가란이 믿어지지 않는다는 얼굴로 물었다.

"기 대가, 이게 도대체 어찌 된 일이에요? 악양 태극문의 총당주인 도격을 수하처럼 부리다니……."

"그렇군! 도격이었어!"

"바, 방금 그 사람이 그 유명한 도격이라고?"

그러자 긴가민가하던 형곤과 아무 생각도 하지 않고 있던 철웅이 동시에 놀라서 낮게 외쳤다.

기개세는 빙그레 미소 지었다.

"방금 그 둘은 내 수하다."

그리고는 검지손가락을 세워 입에 대고 아무 말도 하지 말라는 시늉을 해 보였다.

아무것도 모르고 있는 이들이 중구난방으로 떠들다가 기개세 자신의 무창성에서의 신분에 대해서 말할까 봐 우려한 것이다.

기개세는 자신의 신분을 천검사호문 사람들에게 애써 감추고 싶은 생각은 없었으나, 구태여 일부러 알릴 필요까진 없다는 생각이었다.

그가 함구하라는 손짓을 해 보이자 여섯 사람은 궁금증이 하늘을 찌를 정도였으나 무창성에 대해서는 더 이상 한마디도 하지 않았다.

이후 기개세는 점소이에게 요리와 술을 다시 내오도록 하여 오랜만에 만난 옛 친구들과 이야기꽃을 피우면서 함께 먹고 마셨다.

술시 경에는 집으로 돌아가려고 했는데 웃고 즐기다 보니까 어느새 자정이 다 되어가고 있었다.

기개세가 귀가했다는 말에 하여상과 능소지의 친구들이 모두 마중을 나왔다.

그러나 그들은 몹시 취한 기개세가 양쪽에 두 여자의 부축을 받으면서 또 다른 한 여자와 세 명의 남자를 이끌고 온 것을 보고 적잖이 놀랐다.

세 여자는 이십 세의 가란과 십칠 세의 설화쌍봉이었고, 모두 눈이 번쩍 뜨일 정도의 미인이었다.

소옥군을 제외하곤 손진이나 유정, 우연들과 비교를 해도 전혀 손색이 없는 미모였다.

"하하하! 내 친구들이야!"

기개세는 단지 그렇게 소개했을 뿐 달리 그들에 대해서 설명하지 않았다.

그리고는 하여상과 친구들에게 요란한 밤 인사를 하고는 두 여자의 부축을 받으면서 친구들을 이끌고 자신의 거처로 향했다.

하여상과 능소지의 친구들은 기개세가 낯선 친구들을 데리고 온 것에 대해서 그다지 개의치 않는 표정들이었다.

기개세가 워낙 천방지축이고 또 돌발적인 행동을 잘하기 때문이다.

그러나 예외인 한 사람이 있다.

바로 소옥군이다.

그녀는 멀어지는 기개세의 뒷모습에 시선을 고정시키고 있었는데, 표정이 복잡했으며 눈빛은 더욱 복잡했다.

모두들 뿔뿔이 자신의 방으로 돌아갔으나, 소옥군만이 그 자리에 오랫동안 혼자 밤바람을 맞으면서 서 있었다.

그리고 또 한 사람, 먼발치에서 그녀의 모친 소효령이 조금 전에 기개세가 사라진 방향을 암울한 눈빛으로 바라보고 있었다.

자정이 반 시진쯤 넘은 시각.

소옥군은 기개세와 긴히 상의할 일이 있어 자신의 방에서 낭하를 따라 칠팔 장 거리밖에 떨어져 있지 않은 그의 방으로 긴치마를 사륵사륵 끌면서 걸어갔다.

현재 낙성검가 내에 있는 사람들 중에서 가장 고강한 사람은 누가 뭐라고 해도 소효령이다.

물론 천검사호문의 고수들을 제외한 상황에서 그렇다는 것이다.

소효령은 낙성검가 안팎으로 이상한 기운들을 감지했다. 그러나 그것이 무엇인지는 정확하게 모른다.

단지 적지 않은 수의 고수들이 낙성검가 내에 잠입했다는 사실을 어렴풋이 느낄 뿐이었다.

그녀는 그것을 소옥군에게 말해주었고, 그래서 소옥군은 그 사실을 기개세에게 말하고 상의하기 위해서 찾아가고 있는 중이다.

척!

평소에 소옥군은 기개세의 방에 들어갈 때는 별다른 기척을 내지 않고 또 허락을 받지도 않았었기 때문에 지금도 그냥 방문을 열고 들어갔다.

"……!"

그러나 방 안으로 두어 발자국 걸어 들어가서 침상을 보는 순간 그녀의 걸음은 멈춰지고 말았다.

뿐만 아니라 온몸이 얼음덩어리처럼 그 자리에서 딱딱하게 굳어버렸으며, 얼굴에는 놀라움이 가득 떠올랐다.

그녀의 시선이 멈춘 곳, 즉 침상 위에는 그녀로서는 난생처음 보는 해괴한 광경이 벌어져 있었다.

일남삼녀가 몸에 실오라기 한 올 걸치지 않은 벌거숭이 알몸으로 한 몸처럼 뒤엉켜 있는 광경이었다.

기개세는 느긋하게 누워서 양팔에 설화쌍봉을 팔베개하여 베고 있었고, 가란은 그의 몸 위에 엎드린 자세로 가슴에 뺨을 묻은 자세였다.

　이불도 덮지 않아서 네 사람의 벌거벗은 몸은 캄캄한 실내에서도 은은하게 빛이 나는 듯이 잘 보였다.

　그들은 곤히 잠들어 있었다. 무창성에서도 늘 했던 그대로에다가 가란 한 사람 더 끼어든 광경이지만, 그들에게는 익숙한 일이라서 새삼스러운 것도 아니었다.

　하지만 그런 광경을 난생처음 보는 소옥군의 눈에는 그것이 인간이 아닌 개돼지의 행위로밖에는 보이지 않았다.

　기개세가 여태까지 보여줬던 온갖 짓궂은 행동들은 이것에 비하면 조족지혈에 불과했다.

　사실 여태까지 기개세의 행동들도 소옥군으로서는 처음 보고 겪는 것이기에 참아내기 어려웠었다.

　그래도 꾹꾹 인내하고 견뎠던 이유는, 그래도 기개세에게 끌리는 점이 있었기 때문이다.

　아니, 솔직히 소옥군은 그를 좋아하기 시작했다. 그의 손버릇이나 여자를 밝히는 한 가지만 빼면, 그의 모든 점들이 다 훌륭하고 또 사랑스러웠다.

　하지만 그 나쁜 한 가지가 나머지 수많은 좋은 점들을 모조리 상쇄하고도 남는다.

　그것은 단 한 방울의 먹물이 깨끗한 많은 양의 물에 떨어져서 물 전체를 검게 물들이는 것과 같은 이치다.

　그 사실을 소옥군은 이제야 깨달았다. 기개세는 분명히 좋은 사람이고 장차 훌륭한 인물이 될 것이다.

그래서 수많은 여자들이 그의 눈길과 손길을 갈망하면서 구름처럼 몰려들 터이다.

하지만 소옥군은 자신이 그의 먹물 한 방울을 끝내 극복하지 못할 것이라는 사실을 예상하고 있었다.

이곳에 있는 다른 여자들, 손진이나 우연, 그리고 저 침상의 여자들은 기개세의 먹물을 이해하고 받아들일지 몰라도, 소옥군은 아니었다.

"더러운……."

안색이 해쓱해진 소옥군의 입술 사이로 떨리는 중얼거림이 새어 나왔다.

이어서 그녀는 몸을 돌려 그대로 방을 나갔다.

탁!

"누구……."

방금 소옥군의 중얼거림과 방문이 닫히는 소리에 기개세가 잠에서 깨어 실내를 두리번거렸다.

문득 그는 방문 밖에서 하나의 발자국 소리가 멀어지는 것을 듣고 번뜩 뇌리를 스치는 그 무엇이 있어서 급히 바닥으로 뛰어내려 방문으로 달려갔다.

왈칵!

다급히 방문을 열고 낭하로 나서니 저만치 소옥군이 멀어지고 있는 뒷모습이 아리게 시야를 비집고 들어왔다.

그의 직감이 맞았다. 그는 발자국 소리를 듣고 소옥군이라
고 직감했었다.

"군아."

무언가 불길함을 느낀 기개세의 목소리는 억눌린 듯 거칠
게 흘러나왔다.

뚝!

소옥군이 걸음을 멈추었다. 그러나 돌아보지는 않았다.

그녀는 입술을 힘껏 깨물고 있었다.

사박사박…….

그러더니 다시 걷기 시작했다.

기개세는 주춤 두어 걸음 따라 걸으며 그녀를 불렀다.

"군아."

그러나 그녀는 멈추지 않고 계속 걸어갔다.

조금 전에는 그저 막연하게 불길하기만 하던 마음이 지
금은 더욱 구체적으로 확연해져서 태풍처럼 그를 휩쓸었
다.

"군아."

사박사박…….

"내가 잘못했어."

그는 자신이 가란 등 세 여자와 알몸으로 자고 있는 모습을
소옥군이 목격한 것이라고 짐작했다. 그래서 누구에게 한 번
도 해보지 않은 '잘못했다' 는 말까지 했으나 소옥군의 걸음

을 멈추게 하지는 못했다.

사박사박…….

탁!

벌거벗은 기개세가 그 자리에 얼어붙은 듯 서서 지켜보고 있는 가운데 소옥군은 자신의 방에 들어가 버렸다.

기개세가 아무리 배짱이 좋다고 해도 자신과 세 여자가 알몸으로 뒤엉켜 있는 것을 봤을 소옥군에게 왠지 미안한 마음이 들었다.

그래서 입이 백 개라도 할 말이 없어서 그냥 멀건이 지켜보고 있을 수밖에 없었다.

그는 잠시 더 서 있었으나 한번 방에 들어간 소옥군은 다시 나오지 않았다.

탁!

다시 자신의 방으로 들어온 그는 침상으로 걸어가 그곳에 잠들어 있는 세 여자를 굽어보았다.

그래도 이 여자들이 밉다는 생각은 들지 않았다.

이들은 소옥군을 만나기 훨씬 전부터 알고 지내던 여자들이 아닌가.

새롭게 만난 사람을 위해서 옛 사람들을 모른 체할 수는 없는 일이다. 그런 것이 기개세의 방식이다.

그는 잠시 세 여자를 굽어보다가 이윽고 그녀들에게 일일이 옷을 다 입혀주었다.

워낙 피곤했는지 그녀들은 몸을 뒤척이고 조그맣게 신음 소리를 낼 뿐 깨어나지 않았다.
기개세는 자신도 옷을 입고 그녀들 사이로 비집고 들어가서 잠을 청했다.

다음날 아침.
소옥군과 소효령은 낙성검가에서 보이지 않았다.

『대사부』 제5권에 계속…

저작권 보호!!

장르문학의 성장에 힘이 되어주십시오.

저작물의 무단 전재와 복제, 불법 다운로드! 이것은 관심이 아니라 무관심입니다!

작가님들은 창의적 열정과 시간을 투자해 자신의 꿈과 생계를 유지합니다.
한 권의 책을 만들어 많은 사람들은 자신의 인생과 미래를 설계합니다.

저작물 속에는 여러 사람의 노력과 희망이 담겨 있습니다!

저작물의 무단 전재와 복제, 불법 다운로드는 여러 사람들의 꿈과 생계를
위협함으로써 장르문학을 심각한 상황에 빠뜨리고 있습니다.

이제는 무관심이 아니라 관심으로 장르문학의 성장에 힘이 되어주세요.

[도서출판 **청어람**은 항시적인 저작권 보호를 통해 장르문학과
여러분의 희망을 지키겠습니다.]

저작물의 무단 전재와 복제, 불법 다운로드는 법률에 의해 처벌받을 수 있습니다.
저작권법 제97조의5 (권리의 침해죄)
저작재산권 그 밖의 이 법에 의하여 보호되는 재산적 권리(제73조의 4의 규정에 의한 권리를
제외한다)를 복제 · 공연 · 방송 · 전시 · 전송 · 배포 · 2차적 저작물 작성의 방법으로 침해한
자는 5년 이하의 징역 또는 5천만 원 이하의 벌금에 처하거나 이를 병과(동시에 두 가지 이상의
형벌을 지우는 일)할 수 있다.

畵工
道談

화공도담

촌부 新무협 판타지 소설

예(禮)와 법(法)을 익힘에 있어
느리디느린 둔재(鈍才).
법식(法式)에 얽매이기보다 마음을 다하며,
술(術)을 익히는 데는 느리지만
누구보다 빨리 도(道)에 이를 기재(奇才).

큰 지혜는 도리어 어리석게 보이는 법[大智若愚]!

화폭(畵幅)에 천지간(天地間)의 흐름을 담고
일획(一劃)에 그리움을 다하여라!

형식과 필법을 익히는 데는 둔하나
참다운 아름다움을 그릴 수 있게 된
화공(畵工) 진자명(陳自明)의 강호유람기!

유행이 아닌 자유추구 -
WWW. chungeoram.com
Book Publishing CHUNGEORAM

**참마도 작가!! 그가 『무사 곽우』에 이어
다섯 번째 강호 이야기를 새롭게 풀어내다!!**

"길의 중앙에서 멋지게 서서 당당히 걸어가래.
사람으로 태어난 이상 그 누구도 당당하게 살아갈 권리는 있다고 말이야."

단야의 오른손이 꽉 쥐어졌다. 별것도 아닌 말이다.
하나 이토록 마음에 남는 소리는 없었다.
사람으로 태어나서……

요물, 괴물.
나이를 먹지 않는 월홍과 얼굴이 징그럽게 망가진 단야.
그들 앞에 펼쳐진 강호란……!

유행이 아닌 자유추구 −
www.chungeoram.com
Book Publishing CHUNGEORAM

武林君子

무림군자

장진영 新무협 판타지 소설

무림은 그를 영웅이라 불렀고,
그는 자신을 소인이라 칭했다.

"사람이 가져야 할 것 중 가장 기본은 인의(人義). 자신이 정한 바
를 흔들림없이 나아가는
것이 바로 군자의 도(道)다."

얽히고설킨 그들의 인연에 의해 시간의 수레바퀴가 돌아가고,
숨죽였던 무림이 풍룡과 함께 웅대한 날개를 펼친다!!

유행이 아닌 자유추구 ─
WWW. chungeoram.com
Book Publishing CHUNGEORAM

대사부

임영기
新무협 판타지 소설

천하제일 사고뭉치며 천하제일 기세를 지닌
천하제일 사파 후계자가 천하제일 문파를 계승하여
천하제일 성녀와 사랑하고
천하제일 거대 음모와 맞선다

大邪夫

"누구든지 덤벼봐. 내가 바로 기개세야.
천하제일 기개세 말이야."

유행이 아닌 자유추구 -
WWW. chungeoram.com
Book Publishing CHUNGEORAM

검의 길을 걷길 원했지만, 태생적인 한계로
꿈을 접어야 했던 치유사 랑스.
그러나 결코 접을 수 없었던 지고(至高)의 꿈을 위해,
자신이 가진 모든 재능을 이용해 최강의 적과 맞서 싸운다!

총탄과 포탄과 마법이 난무하는 전장의 한복판을 지배하는 최강의 전력 기사!
그런 기사에 맞서기 위해, 랑스는 금지된 힘에 손을 대고야 마는데……

과학과 문명이 발달된 새로운 판타지의 전쟁!

제국 帝國 **허담** 新무협 판타지 소설

무산전기

신황 단목천의 전무후무한 무림제국이 홀연히 붕괴한 후 삼백 년,
강호의 혼란을 종식시키고자 새롭게 등장한 무산(武山) 천의맹!
그 천의맹에 대변혁의 바람이 분다.

신황 단목천의 영광을 재현하려는 무림의 영웅들!
과연 새로운 무림제국은 다시 탄생할 수 있을 것인가?

그 혼란의 폭풍 속으로 독각수 적풍이 걸어 들어간다.
적풍과 함께 떠나는
파란만장한 강호의 대서사시!

유행이 아닌 자유추구 –
WWW. chungeoram.com
Book Publishing CHUNGEORAM